JN113362

（このハンモック、
安眠効果があるね……
他の人も
眠れますように……）

「ご覧くださいヒルネさま。
眼下に見える街が
辺境都市イクセンダールです」
「大きな街ですね」
「はい。王国の重要拠点で
ございますから」

「このお方は
どなたなのでしょう……
ジジトリアさま……？」
「大聖女……
マルティーヌさまで
ございます」

四葉タト
ill キダニエル
2
転生
TENSEI DAISEIJO NO ISEKAI NONBIRI KIKOU
大聖女の異世界
のんびり紀行

Design
アオキテツヤ
(musicagographics)

Illustration
キダニエル

1.

ヒルネが異世界エヴァーソフィアに転生してから二年と八ヵ月が経った。

前世で身を粉にして働いていたヒルネにとって、この世界での生活は癒やしの多い毎日だ。

（転生して……性格がのんびりになってしまった……）

ベッドでごろごろしているヒルネは天井を見上げた。

癒やしが多いというか、勝手に癒やしを求める身体になってしまったと言ったほうがいいかもしれない。

女神ソフィアが『あら……次の人生ではあなたはずいぶんマイペースな性格のようですね……ふふっ』と美しい微笑みとともにそんなことを言っていた気がする。

今の姿が本来のあなただったとも、言われたような言われてないような。

（それにしても、外見と中身がまったく合致してないんだよねぇ……結構慣れてきたけど、たまに鏡を見ると、誰この洋風美少女、ってなるもんね……ああベッド最高）

女神にもらった身体は金髪碧眼、瞳は大きく、鼻、唇は愛らしい。美術品のように整った顔立ちは黙っていれば絵本から飛び出した大聖女そのものである。

（布団と一体化するのが目標だよ）

ヒルネはいつもの薄っぺらな掛け布団を身体に巻き付け、ごろごろ転がった。本人はすでに見た目のことはどうでもよくなったらしい。大聖女感ゼロである。

（なぜピヨリィの羽毛布団を南方へ持っていってはいけないんだろう……。さよならピヨリィちゃん。愛(いと)しのピヨリィちゃん……）

ヒルネが転生してくる前まで、エヴァーソフィアの世界には三人の大聖女がいた。

大聖女は北、西、東の地に派遣され、各々の大教会を持ち、女神ソフィアから授かった聖なる力で瘴気(しょうき)の被害を抑えている。

南方地域にだけ大聖女が不在であったのだが、つい先週にヒルネが昇格し、派遣される運びとなった。

作物が育ちやすく、鉱石の採れる豊かな土地であるため、南方は重要な地域である。

そんな人類の期待を一身に背負った大聖女ヒルネの悩みは、羽毛布団である。

（ピヨリィちゃん……またきっと会えるよね）

教育係のワンダが聞いたらため息をつくに違いない。

ちなみに、寄付してもらった羽毛布団は、本教会のヒルネの部屋に置いていくことになった。

単純に荷物が多くなるという物理的な理由であった。

（馬車の席に置いておくのはいけないのかな）

ヒルネの後見人である大司教ゼキュートスが、大聖女の馬車に羽毛布団を置いておくのは外聞にかかわる、とのことだ。

ただ、抜け道として、南方への旅に同行する寝具店ヴァルハラが持っている布団を使うのは一向にかまわないとのこと。ゼキュートスとしてはヒルネを気づかって優遇している。

(寝具店のトーマスさん、新しい羽毛布団くれないかなぁ？　自分で使えるお金があったらいいのに)

聖女は自分のお金を持っていない。

残念なことに何かを買ったりはできないため、相手の善意による寄付のみで物をもらうことができる。まあ、だいたいの人が、大聖女が「これがほしい」と言えばくれるのだが、ヒルネにはほしかったら買う、という前世での習慣が染み付いている。

(もうね、こいつが相棒だよね。ちょいボロの掛け布団くん。相棒っ、相棒っ)

転生当初から使っている掛け布団。

ボロくてちょっと穴が空いていた。

今はジャンヌのおかげで小綺麗(こぎれい)に修繕されて、星のアップリケがところどころついている。居眠りよだれカバー付きだ。

(相棒のこの安心感……ねむみ)

ヒルネは相棒、と心の中で言いながら、例の刑事ドラマのバックミュージックを脳内再生した。

しばらくヒルネがベッドでのんびりしていると、ドアがノックされ、可愛(かわい)らしい黒髪ポニーテールのメイドが入ってきた。

「ヒルネさま、おまたせいたしました。もう間もなく出発ですよ」

小動物系の顔立ちをしたジャンヌが笑顔で言った。

（ジャンヌはいつ見ても可愛いね。アイドルグループのセンターとか全然いけるよね……しかも超ハイスペックメイドだし。女子力で完全敗北だよなぁ……）

ヒルネが眠たそうな目でじっと見てくるので、ジャンヌがこてんと首をかしげた。

「ヒルネさま？　また眠くなってきましたか？」

「違いますよ。ジャンヌは可愛いなと思っていたんです」

「え？　え？　な、なんですか急に。恥ずかしいからやめてください」

ジャンヌは急に褒められて顔を赤くし、メイド服のスカートを握った。

「いえいえ、これは純然たる事実ですよ」

「からかうのはやめてくださいね。ヒルネさまのほうがずっとお綺麗なんですから、言われても嬉しくありません」

ぷいと横を向くジャンヌ。

そうは言っても、どこか嬉しそうだ。

「やはりジャンヌにはかないませんね。ジャンヌを嫁にほしいと言ってくる男には、私を倒してから嫁にしろと言うようにします」

「なんですかそれ？」

「友人代表挨拶です」

「どんな友人代表挨拶ですか。ヒルネさまを倒そうとする人なんていませんよ。大聖女なんですからね」

「そのときは大聖女の仮面を脱いで、ただの寝具店の娘として名乗りましょう」

「ちょっと願望入ってますよね？」

ジャンヌがくすりと笑った。

大聖女の仮面を取ると寝具店の娘になる。布団がほしい願望丸出しであった。

「ヒルネさま、何度言ってもピヨリィのお布団は持っていけませんよ？」

ジャンヌが笑いながらベッドに近づき、巧みな手付きでヒルネに巻き付いている相棒を剝ぎ取った。手付きは熟練者のそれだ。

「ああっ、相棒を取らないでください。私はまだベッドにいるんですから。あと一時間くらい」

「ダメですよ？　もう出発の準備をしないと」

「聞こえません。私はベッドと一体化しています」

ヒルネはうつぶせで大の字になり、金髪を扇のように広げてベッドにしがみついた。

「私はベッドです。運ぶならベッドごと運んでください」

大聖女ヒルネ、ベッドと一体化する事案発生である。

「敷布団（しきぶとん）がもう少しやわらかいと嬉しいんですけど……」

顔をベッドにうずめているせいで、もごもごと聞き取りづらい。

ジャンヌは毎度のことなのでニコニコと笑顔を崩さず、ヒルネを見た。

「ヒルネさま、南方行きの馬車には大聖女専用のクッションをご用意いたしました。それからおやつに苺(いちご)パンが食べられます。ベッドはありませんが特注の敷布団をゼキュートスさまがご準備してくださいました。ヒルネさまがずっと言っていた、やわらかい敷布団ですよ？」

ベッド兼ヒルネがぴくりと身体を動かした。

「寝具店ヴァルハラのトーマスさまが出発までに間に合わせると、大聖女らしいデザインの敷布団を作ってくださいました。寝るときは快眠間違いなしです」

ジャンヌはヒルネを観察する。

ベッドにしがみついている手が少し緩んでいた。

「荷物にならない旅用の敷布団です。素晴らしいですね！」

ジャンヌが言うと、ヒルネがのっそりと顔を横に向けた。

「それは試してみるしかありませんね」

「ええ。ですので行きましょう。さ、お立ちになってください」

肯定したとみるやジャンヌが丁寧にヒルネの手を引いて起き上がらせた。

「ベッドと一体化するのはまたの機会といたしましょう……くっ」

ヒルネが残念無念の万歳ポーズを取ると、ジャンヌがくすくす笑いながら寝巻きを脱がせ、大聖女の服を着せていく。

ヒルネの金髪を整え、魔力増幅のペンダントをかける。

あっという間に大聖女ヒルネの完成だ。

（なんでしょう、ベッドから出たら眠気が……）

「……ふあぁっ」

ヒルネが大きなあくびをする。

ジャンヌはぼうっと立っているヒルネの全身を眺めた。

純白の聖女服に金髪碧眼の相貌が輝いている。

ヒルネの美しさに見惚(みと)れ、小さなため息をついた。

「綺麗ですね……」

「ジャンヌ？　もう終わったのですか？」

ヒルネが眠たげに視線を滑らせた。星海のようにキラキラとしている瞳を見て、ジャンヌは我に返り、こくりとうなずいた。

「終わりましたよ。皆さまがお待ちです、さあ参りましょう」

「ええ、行きましょう」

ヒルネとジャンヌは部屋から出て、本教会の礼拝堂を目指した。

2.

本教会の礼拝堂には大司教ゼキュートス、大司教ザパン、その他聖職者が集まっており、ヒルネが入ってくると聖印を切った。

大司教ゼキュートスは大柄な男で、眉間のしわが額の中ほどまで伸びている、少々強面（こわもて）な人物だ。ほとんど表情が動かず、関係者たちはゼキュートスが笑っているところを見たことがない。

そのゼキュートスがヒルネを女神像の前まで促した。

（よく眠れたかって聞いてる？）

そんな視線を感じて、ヒルネは首を縦に振った。

ゼキュートスが目を閉じて「そうか」と返答すると、手に持っていた羊皮紙を静かに開いた。

「これより大聖女ヒルネは南方の地、イクセンダールへ向かう。瘴気によって穢（けが）れた地を癒やすべく大教会を建立して彼（か）の地の安寧を祈る。メフィスト星教はこれを全面的に後押しし、女神信仰を深めるべく活動することを誓おう」

ゼキュートスは言い終わると聖印を切った。

南方地域は瘴気が多く発生する場所だ。

瘴気に取り憑（つ）かれた魔物が跋扈（ばっこ）している。

イクセンダールはそんな南方の重要拠点であり、大きな防壁に囲まれた辺境都市だ。今も魔物の脅威と闘いながら人々が暮らしている。

今日までイクセンダールが放棄されなかったのは、王国が豊かな資源を誇る南方地域を切り捨てるわけにいかず、兵士を定期的に送り込んでいるためだ。

メフィスト星教も数多くの聖女を派遣している。

南方地域は広く、瘴気が慢性的にあふれるため、巡業という形を取って浄化している。そうしないと、いずれ中央王都にも瘴気があふれてしまうのは明白だった。

（新米聖女の最初の難関が南方地域の巡業らしいけど……私は一段飛ばしで大聖女だもんなぁ……みんなのおかげで世界は平和なんだよね）

ヒルネはワンダに聞いた言葉を思い出していた。

聖女たちの活躍で瘴気は抑え込まれている。

世界の均衡は保たれている。

そういう話だ。

（大聖女ってそんなにすごい存在なのかな？　何も変わってない気がするんだよね……眠いし……）

ヒルネはあくびを噛み殺した。

近年では瘴気の発生が多く、綱渡りの状態だ。浄化と瘴気発生の均衡が徐々に崩れ、南方からの避難民が増えている。

そんなギリギリの状態である南方地域にもたらされた吉報。

彗星のごとく現れ、女神の寵愛を受けて大聖女になったわずか十歳の少女。

王都のみならず、全世界がヒルネに期待を寄せていた。

ヒルネはゼキュートスを見上げながら、ぼんやりと考えた。

（ほどほどに浄化を頑張りつつ、ごろごろしたい……）

本人はいたってマイペースだった。

「大聖女ヒルネ、南方への任を受けてくださるか？」

ゼキュートスが丁寧に言う。

礼拝堂に彼の低い声が響いた。

ステンドグラスから光がこぼれ、礼拝堂には静謐(せいひつ)な空気が流れている。

大聖女の服に身を包んだヒルネがゼキュートスを見てまばたきをし、礼拝堂に集まっている聖職者たちを見た。

（もちろん行くよ。自分の大教会がほしいもんね。ふふふ……エヴァーソフィアで一番のホワイト企業を目指そう！　主に三食昼寝付き週四日休み、不定期休業……）

もはやホワイトと言うより、年寄りが経営する気まぐれ喫茶店みたいな願望になっている。

「はい。今すぐ向かいましょう」

笑顔でヒルネが言った。

見ていた聖職者たちが、感激して聖印を丁寧に切る。

返答を聞いたゼキュートスも聖印を切って聖句を唱え始めた。

○

出発の儀式は二十分ほどで終わり、ヒルネは本教会の広場に集まっている隊列を目指した。

ヒルネとジャンヌは聖職者たちに囲まれて歩いている。

「ヒルネさま、南方都市イクセンダールまで三週間の道のりです。頑張りましょうね」

ジャンヌの笑顔を見て、ヒルネは凍りついた。

（え、三週間？　三週間もかかるの？）

「ジャンヌ、私の耳がおかしいのでしょうか？」

「どうされました？　昨日耳かきはしたはずですが……」

「ええ、耳かきはしてもらいました。とても気持ちよかったです」

「今日もするのはダメですよ？　毎日はよくないとワンダさまが言っていました」

「聖魔法で治癒するので平気です。今日もお願いしますね」

「やっぱり毎日はよくないですよ。三日後にしましょう。ね？」

「そうですか……むう、ジャンヌが言うなら仕方ありませんね……」

ヒルネは話しながら、会話がおかしな方向へ向かっていることに気づいた。

大聖女の衣を揺らしつつ、こほんと咳払い（せきばら）をした。

「耳かきの話はまたあとでするとして、三週間という言葉が聞こえました。イクセンダールまで三週間かかるのですか？」

「そうですよ。馬車で三週間。魔物が出てくると、もっと時間がかかるそうです」

「なんということでしょう……ベッドなしで三週間の長旅とは……」

ベッドなしに絶望するヒルネ。

予想していたのかジャンヌが笑みを浮かべた。

「ヒルネさま、移動中はなーんにもすることがありません。聖書朗読も、巡回も、祭典も、すべて

2.

おやすみです。思う存分、馬車で居眠りができますよ」

「ああ、素晴らしきかな馬車の旅。三週間と言わず二ヵ月ぐらい旅しましょう」

速攻で手のひらを返す大聖女。

「二ヵ月も旅をしたら他の方々が疲れちゃいますよ」

「それもそうですね」

確かに、とヒルネがうなずく。

「そろそろ広場に出ます。あくびは頑張ってこらえてくださいね」

「わかりました。善処しましょう――あっふ……」

あくびと言われると急に眠くなるから不思議だった。

「もう、ヒルネさまったら」

ジャンヌが困った人ですね、と言いたげに苦笑いをした。

話しているうちに広場に到着した。

広場にはメフィスト星教の南方旅団が待っていて、隊列の中央に白亜の馬車が待機していた。

（壮観だね。護衛の兵士さんが百人くらいと……メフィスト星教から出張する人たちが違う馬車に乗ってるのか。私が行くからみんな一緒に来てくれるんだよね……なんか申し訳ない気持ちになってくるよ……）

大聖女のヒルネが到着すると、兵士が一斉に聖印を切った。

「――女神ソフィアさまのご加護があらんことを」

ヒルネがそうつぶやいて、さっと浄化の聖魔法を唱えると、兵士たちの頭上に星屑(ほしくず)が降り落ちた。キラキラと輝く星屑を見て兵士が感動したのか、より引き締まった顔つきになった。必ずや大聖女をお守りする——そんな思いが強くなったようだ。

「ヒルネさま、足元にお気をつけください」

ジャンヌがドアを開けてくれ、馬車に乗り込んだ。

馬車に入ると、誰かが先に入っていたのか、声をかけられた。

「遅かったわね」

「ホリー。あなたも一緒なんですね」

嬉しい誤算にヒルネは笑顔になった。

ヒルネの大きな瞳がくしゃりとつぶれるのを見て、ホリーはつんと顔をそむけた。

「まあね。ワンダさまにあなたのお守り役を任命されているからね」

「お守り役ありがとうございます。私は一人で何もできないので、とても頼りにしています。また一緒にいれますね」

ヒルネが嬉しそうにホリーの隣に座った。

ジャンヌも嬉しそうだ。

ホリーは少し頬を赤くしてちらりとヒルネを見ると、やれやれと肩をすくめた。

「仕方ないからね。こういうのは優秀な聖女の役割だから」

「そうですね。ジャンヌ、ホリーが一緒でよかったですね」

「はいっ」

ヒマワリ草のような笑顔を輝かせ、ジャンヌがうなずいた。

「……あなたたちといると調子が狂うわ。はぁ、やだやだ」

ホリーがむずがゆそうな顔をして、むにむにと頬を動かしている。

こうして南方への旅はスタートした。

3.

ガタゴトと馬車が揺れ、南方旅団は南へと進んでいく。

後ろ窓から王都の外壁が離れていく様子を見て、本当に王都から出るんだなとヒルネは感慨深くなった。

目指すは南方最大の街、辺境都市イクセンダールである。

（王都以外の場所に行くのはこれが初めてだな……美味(おい)しいものあるかなぁ）

美味しいものを食べて、いい気分で寝たい。

そんな願望が見え隠れしている大聖女ヒルネである。

だが、星海のような瞳で窓の外を眺める横顔は、世界を憂いているようにしか見えなかった。ハァと彼女がため息をつけば、草木も釣られてため息をつきそうである。周辺警護をしている騎士は

3.

ヒルネの顔を見て、より一層気を引き締めた。

（あとで苺パンを食べてお昼寝をしよう。そのあとはジャンヌの膝枕でごろ寝だね）

伸び切ったパンツのゴムよりもゆるい気構えの大聖女である。

ちなみに、教育係のワンダは別の馬車に乗っている。他に、メフィスト星教の役職付き聖職者である司教一人と司祭三人がこの旅に加わっていた。さらに聖歌隊、聖徒、メイドなども随伴している。

（向こうの馬車は大きいね。ちょっと乗り心地悪そうだけど）

ヒルネが窓から顔を出して旅団を眺める。

三頭立ての馬車は大きいが、左右に揺れているように見えた。

ぼんやり外を見ていると、白馬に乗った茶髪の騎士が馬を馬車へ寄せてきた。

切れ長の瞳の美丈夫だ。

「馬上から失礼いたします。此度（こたび）の南方旅団、団長のジェレミー・スケットと申します。我々が快適で安全な旅をお約束いたします」

「はい。ありがとうございます」

（うんうん、異世界のイケメン悪くないね。布団のほうがいいけど）

そんなことを考えながら、ヒルネは笑顔を作った。護衛してもらえるのはありがたい。

自分はいいとして、ジャンヌやホリーに何かあったら大変だ。

団長ジェレミー・スケットはヒルネの笑顔を見て、まぶしい光を見るかのように目を細めた。

「大聖女さま……お近くで見ると神々しい……」

彼は気を取り直し、マントを手ではねて馬上で聖印を切った。

「我々は昼夜問わず、大聖女ヒルネさまをお守りいたします。夜も安心して眠れるよう部下もやる気ですので、今宵の安眠にご期待くださいませ」

大聖女ヒルネ。

別名、居眠り大聖女。

団長ジェレミーはヒルネが睡眠を愛していると知って、笑みを浮かべた。

ローテーションで不寝番を立てる予定だ。

ただ、喜ぶと思ったヒルネの顔がみるみるうちに曇っていく。

二人のやり取りを馬車内で聞いていたジャンヌとホリーも、ヒルネの様子が変わったことに気がついた。

「団長ジェレミーさま。昼夜問わずというのは、徹夜する兵士さんがいるということでしょうか?」

「左様でございます」

団長ジェレミーが肯定する。

ヒルネはそれを聞いて、なんてこった、と天井を見上げた。

(徹夜は人を本当にダメにするよ。私がそうだったから……私の護衛で徹夜させるなんてかわいそうだよ……)

前世で三日徹夜を体験したヒルネは、徹夜がいかに身体に悪いか知っていた。

意識が朦朧（もうろう）とするし、何を考えてもマイナス思考ばかりが頭に浮かんでいたように思う。身体にかかる負担も大きい。

ヒルネはしばらく考えた。

団長ジェレミーは心優しい大聖女の不興を買ってしまったかと、涼しい顔をしながらも、手綱を持つ手に力を込めた。

「ヒルネさま、大丈夫ですか？」

ジャンヌがヒルネの顔を覗（のぞ）き込（こ）む。

鳶色（とびいろ）の瞳に見つめられて、ヒルネはうんとうなずいた。

「大丈夫ですよ、ジャンヌ。今、いい方法を思いつきました」

そう言って、ヒルネは窓から身を乗り出して、団長ジェレミーを見つめた。

「私の旅で徹夜する方を出したくありません。今日は野営をする予定ですか？」

「はい。次の村も遠く、野営の予定です」

団長ジェレミーが背筋を伸ばして返答した。

「それなら、私が全員を守る結界を出します。ジェレミーさん、必ず午後十時には就寝してください。いいですね？」

「それですとヒルネさまがお眠りになる時間が……」

「私なら大丈夫です。自動で結界を維持できます。王都全体をカバーするよりも遥（はる）かに簡単ですよ？」

「いえ、しかし……」

団長ジェレミーは大聖女ヒルネの優しさに胸打たれたが、やはり護衛の役割もある。任務を全うするのは軍人の役目だ。しばし煩悶して、ヒルネへ視線を戻した。

「大変ありがたいお申し出ではございますが、やはり我々が不寝番を出して警護いたします。これも王国兵の務め。大聖女さまに快適な旅を提供せよとの命令がございまして――」

「皆さんが起きていると、私は気になって仕方がありません。どうかお願いです。徹夜はやめてください」

睡眠に人一倍思い入れのあるヒルネは、キラキラと輝く碧眼で団長ジェレミーを見上げた。

（お仕事だってわかるから申し訳ないけど……でも、ちょっと聖魔法使うだけだし……）

申し訳なさからか、ヒルネは自然と上目遣いで彼を見つめた。

「……ッ」

女性関係では百戦錬磨の団長ジェレミーも、大聖女のお願いには抵抗できなかった。

後ろで見ていたホリーが「ああ、これ絶対に断れないやつだ」とつぶやいている。ジャンヌが深くうなずいていた。

団長ジェレミーは「くっ」とか「ああ」などと葛藤していたが、まだ自分を見ているヒルネの視線に負けて頭を垂れた。

「承知いたしました……。では、ひとまず今晩はヒルネさまに結界の聖魔法を使っていただくという形で……ただ、やはり不寝番を置かないというのは……」

「ダメったらダメですよ」

「うっ」

ヒルネが頬をふくらませると、団長ジェレミーがたじろいだ。

いつも眠そうな瞳もこのときばかりは見開かれている。

自分の睡眠も大事であるが、せっかく旅をするならみんなにも快適でいてほしい。そんな思いが強かった。

「聖魔法で全部防御します。瘴気も野盗も誰も入れないようにします。あ、私たちは出入り自由ですよ」

「……承知いたしました。本日は大聖女さまのご提案をちょうだいいたします。ただ、私だけでも不寝番に立ってはダメでしょうか？　結界が問題ないか見届けたいのです」

「……大丈夫だとわかったらジェレミーさんは寝ますか？」

「はっ！　女神ソフィアに誓って、このジェレミー、必ず就寝いたします！」

団長ジェレミーが装備しているシルバープレートに手を当て、深々と馬上で一礼した。

馬もヒヒンといないた。どうやら賛成らしい。

就寝を女神ソフィアに誓う。

そんなおかしな行動をした団長は今まで一人もいなかったであろう。彼もヒルネも、お互い真面目に話しているため、なんとなくまぬけな会話になっているのに気づいていない。

ジャンヌとホリーが顔を見合わせている。

大聖女ヒルネの南方への旅路は後世まで伝えられるのだが、本人たちはそんなことを知るよしもなかった。

ヒルネは決意の固い団長ジェレミーの顔を見て、ゆっくりと首を縦に振った。

「それならば仕方ありませんね。わかりました。ジェレミーさんは結界を確認してから、おやすみになってください」

（かえって迷惑になっちゃったかな？）

ヒルネが無理を言ってごめんなさいと、眉を寄せて笑みを浮かべた。

その表情がどうにも儚げで、団長ジェレミーは胸が熱くなった。

「かしこまりました。大聖女さまとのお約束、お守りいたします」

「結界は何時頃に使うのがいいでしょうか？」

ヒルネの質問に、団長ジェレミーは軍人らしく思考を切り替えて、即座に答えた。

「野営地に到着次第、使っていただくのがよろしいかと思います。旅団には一般人も含まれているため、ヒルネさまのご加護をいただけると皆も安心するでしょう」

「わかりました。ではそうしますね」

にこりと笑って、ヒルネが言った。

団長ジェレミーが一礼して馬をあやつり、ゆっくりと下がっていく。

（あとで結界を使おう……そろそろおやつの時間かな？）

出発してまだ三十分も経っていない。おやつの時間にはいささか早い。

旅団を祝福しているのか、空は晴れ渡っている。

(馬車の中は……一段と眠くなるねぇ……)

ザクザク、ガタゴトと馬や馬車の移動する音が響き、規則的な揺れが眠気を誘う。

ヒルネは大きなあくびをして、ジャンヌとホリーに向き直った。

4.

夕方頃、旅団は野営ポイントに到着した。

王都から一日の場所にある廃村を利用する算段だ。

(消えた村の跡地って感じだね。瘴気はなし。空気は……あんまりよくないかな？　大聖女になってから瘴気に敏感になった気がするよ。あ、焚き火の跡があるね)

ヒルネは馬車から下りて周囲を見回した。

くずれかけた木造の民家が、さびしげに佇んでいる。

以前は旅行客でにぎわっていた村だったが、魔物が出没するようになってから急速に廃れていった。王都に住んだほうがいいと、村全体で移動したのだ。

「ヒルネさま」「大聖女さま、ごきげんよう」「女神ソフィアさまのご加護を――」

旅団に参加している人々が歩いているヒルネに声をかける。

ここにいる面々はかなりの倍率をくぐり抜けて南方旅団に参加した幸運な者たちだ。

ヒルネと一緒に旅をしたい。南方に行きたい。

そんな思いの人はまだまだ王都にたくさんいる。

「ジャンヌの村はまだ先ですか？」

大聖女の衣を揺らし、ヒルネが振り返った。

「私の村はイクセンダールの奥にありました」

ジャンヌが笑顔で答える。

ヒルネは〝ありました〟という過去形の言い方を聞いて、胸が締め付けられた。

「すみません、こんな質問を急にしてしまって……」

「え？　いいんですよ。もう、昔のことなので乗り越えられましたから。それに、ヒルネさまがいつも一緒にいてくださるので、私は寂しくありません」

ジャンヌが明るい声で言う。

南方出身のジャンヌは今回の旅を楽しみにしていた。

ヒルネが南方地域を良い方向へ導いてくれる。そんな確信があるからだ。

「ジャンヌ、手をつなぎましょう。ほら、ほら」

「あ、あの、ヒルネさま」

ヒルネに手を握られて困惑するジャンヌ。

自室ならいいが、こうして人がいる前で大聖女とメイドが手をつないで歩いているのはあまり褒められたことではない気がし、ジャンヌは顔を赤くした。

すぐに後ろにいたホリーが、水色の髪を揺らしてヒルネの隣に回り込んだ。

「ヒルネ、ジャンヌが困ってるじゃない。手を離してもっと堂々としなさい。だいたいあなたは大聖女としての自覚がなさすぎよ。この前の儀式のときだって、とんでもなく大きなあくびをして教皇さまがびっくりしていたじゃない。それに――」

「仲間はずれはよくありませんね。ホリーもつなぎましょう」

「えっ、なんで私まで、あ、ちょっと！」

ヒルネが聖魔法でホリーを引き寄せて、手を握った。

「私も手をつなげばいいってことじゃないんだけど……」

ホリーは手を離そうとするが、ヒルネの悲しがる表情を想像してしまい、右手を引くことができなかった。

聖女、大聖女、メイドの三人が手をつないで村の中心部へ歩いていく。

野営の準備をしている兵士や一般人の参加者が、仲がいいですね、と笑っている。

「そうなのです。いつも一緒にいるんですよ」

(世界がキラキラして見えるのは、二人のおかげだよ)

ヒルネが嬉しそうに言うので、ジャンヌとホリーは手を離す気持ちがすっかり消えてしまった。

村の中心部へ歩くと、大きな白い岩が鎮座していた。

「守り神として使っていたんでしょうか？」

ヒルネは真っ白な岩を見上げた。三メートルほどある。

「そうかもしれませんね」

ジャンヌが言った。

ホリーも白い岩を見上げて、手をかざす。聖句を唱えてからうなずいた。

「浄化の効果がある岩みたい。だいぶ力は弱まっているけどね」

「そうですか」

ヒルネは二人から手を離して、白い岩に両手をついて、目を閉じた。

（聖魔法——魔力探知……岩にどんな力があるか……ふむ……ふむ……なるほど、昔は人がいっぱいいて楽しかったんだね。魔物が来てから村人がいなくなり、浄化の力も弱まったと……）

岩が語りかけてくるのか、過去の映像がヒルネの脳内に流れ込んでくる。

村がにぎわっていたときは、岩を中心にして毎年お祭りが行われていたようだ。楽しげな村人たちの踊る姿が見えた。

（そっか……それなら、この岩を起点にして野営地の結界を作ろう。なるべく長持ちするようにして……）

両手を岩について黙り込んだヒルネを見て、ジャンヌは心配になった。

「ヒルネさま？」

「ジャンヌ、聖魔法を使っているわ。終わるまで待っていましょう」

ホリーがそっとジャンヌの肩に手を置く。

野営準備を進める団長ジェレミーがヒルネを捜していたのか、こちらにやってきた。

結界の件で話があったのだろう。

だが、白い岩に手をついて目を閉じるヒルネを見て、動きを止めた。

「大聖女さま……？」

気づけば、皆がヒルネに注目していた。

薪を割っている者、テントを組み立てようとしていた者、苺パンを焼こうとしていたピピィ、旅団の最後尾にいた寝具店ヴァルハラの店長トーマスなど、皆が作業を止めてヒルネを見た。

（結界魔法……長持ちさせるなら、聖句を白い岩の内部に刻み込んだほうがいいかな？　あとは私の魔力をありったけ込めておこう。よし……）

方針が決まると早い。

ヒルネは魔力を練り込み、聖句を岩の内部に書き込むようなイメージで聖魔法を発動させる。

「あっ――」

「ヒルネ」

「魔法陣が……！」

ヒルネの足元に特大の魔法陣が出現し、星屑がシャラシャラと心地よい音を鳴らして飛び出した。

星屑はヒルネに呼ばれて嬉しいのか上下左右に跳ねながら、ダンスホールで踊るようにヒルネの周囲に集まっていく。

（星屑たち、この村を守ってね――）

ヒルネがお願いすると、星屑がキラキラ輝き、白い岩に入り込んでいく。

「わあっ、星屑が吸い込まれていきます！」

「桁外れな聖魔法ね……」

ジャンヌとホリーが輝く魔法陣を見ながら声を上げる。

「……これほどの聖魔法は見たことがない！」

ヒルネの聖魔法を近くで見た団長ジェレミーが、あまりの煌めきに感激し、胸の前で何度も聖印を切る。

夜の帳が下りる前。淡い夜空の下で、星屑が跳ねて、煌めき、躍り、旅団の人々を魅了していく。この旅は安全だと言われているような気がし、ヒルネを見ている面々は満ち足りて安堵した顔つきになった。

星屑が白い岩にすべて吸い込まれると、半球状の結界が出現して、ゆっくりと大きくなっていく。

（長持ちさせたいから……村で使ってそうな川のあたりまで結界を広げて……よし……これ以上広くしちゃうとあんまり保たなそうだね。ストップ結界さん）

「結界ができた！」「大聖女さまが結界を作ってくださった！」「安心して野営できるぞ！」

結界が現れて半透明の光彩が見えると、皆が一斉に歓声を上げた。

野営は魔物の脅威と隣合わせだ。

優秀な兵士がいるとは言え、誰しもが不安だった。

ヒルネは結界が完成すると息を吐いて岩から手を離し、振り返った。

4.

「これでよしと」

（魔力をいっぱい使ったから、何か食べたいかも）

一仕事終えて、お腹が空いてきた。

「ジャンヌ、ご飯はまだでしょうか？」

ぽかんと口を開けているジャンヌに、ヒルネは気の抜けた声を上げた。

見かねたホリーがやさしくヒルネの肩を叩いて、こらこらとため息を漏らした。

「ほら、皆さんに説明をしなさい。いきなりだから理解できないでしょ？　いつまで持続するのかとか、効果とかね」

「ああ、たしかにそうですね」

近くにいた団長ジェレミーはホリーの声が聞こえていたのか、ひざまずいた。

「聖女ホリーさまの仰るとおり、皆に説明をお願いいたします」

「わかりました」

ヒルネが一歩前へ出た。

「皆さん、ご安心ください。この結界は長持ちします。瘴気、魔物を拒絶し、悪意ある人間が触れると地の果てまで飛んでいくようにしておきました。今日は安心して眠れますよ」

笑顔でヒルネが言うと、皆が「すごいぞ！」と歓声を上げる。

団長ジェレミーは半信半疑であったが、折よく飛んできた小さな瘴気が結界に触れて一秒で消えるところを発見し、あわただしく駆けてきた兵士から、盗賊らしき男が吹っ飛ばされてどこかに消えたと報告を受けて、頭を垂れた。

「ヒルネさま、誠にありがとうございます。これで旅がより安全になります」

「はい。ジェレミーさんは移動中の警戒に全力を出せますね」

「はっ！」

ジェレミーが立ち上がってヒルネに敬礼し、聖印を切った。

夜が安全なのは長旅において大きな利点だ。

「よかったです。ジェレミーさん、十時には就寝ですよ。約束ですからね」

（こういう真面目な人はちゃんと休まないいんだよ。会社でもそうだったし……）

ヒルネは前世で馬車馬のごとく働かされていた、先輩社員を思い出していた。何に対しても真面目すぎて、自ら進んで火中に飛び込んでいくようにも見えたが、過労で退職したと聞いたときは驚いたものだ。

「はっ。大聖女ヒルネさまの名のもとに、十時に就寝いたします！」

団長ジェレミーが真面目な顔つきで再度敬礼する。

早く寝なさい。

母と息子のやり取りである。

ジャンヌとホリーはそれに気づいて笑っていいのかわからず、チラチラとお互いに視線を交換する。

「お時間をいただき申し訳ありません。では皆さん、作業にお戻りください」

ヒルネが言うと、先ほどよりも皆が元気に作業を再開した。

団長ジェレミーも一礼して、持ち場に戻っていく。

すれ違う兵士たちに「大聖女さまは十時就寝をお望みだ！　物資点検急げ！」と指示を出していた。

「これで安眠できますね」

ヒルネが大きな瞳をぱちぱちさせて、満足げに言った。

「ヒルネさますごいです」

「あなたって大物よね……」

ジャンヌが感嘆し、ホリーが呆れぎみに褒める。

「何がですか？　あ、見てください。ピピィさんが呼んでいますよ。苺パンができたのかも！」

ヒルネが言った。

「本当です！」

「ヒルネ、結界ありがとね。さ、さ、早く行きましょう」

ジャンヌとホリーが笑みを浮かべ、歩き出した。

「ホリーは意外と食いしん坊ですよね？」

ヒルネが後ろから言うと、ホリーが恥ずかしそうに眉を吊り上げた。

「べ、別に食いしん坊じゃないわよ！　ピピィさんが呼んでくださってるんだから、早く行かないといけないでしょう？　聖女たる者、食欲に溺れてはいけませんっ」

「ふふっ、そうですね」

ヒルネが微笑むと、ホリーがぷいと前を向いた。

「食いしん坊は不名誉だわ」

ホリーがそう言って、早足で先に歩いていく。彼女の着ている純白の聖女服が左右に揺れる。

ヒルネとジャンヌはくすりと笑って、ホリーの後を追いかけた。

野営地には甘い香りと、皆の笑い声が響いていた。

5.

南方旅団は順調に進んでいた。

途中、二度ほど魔物が襲ってきたが、熟練した兵士によってあっさり撃破された。

夜はヒルネの結界で十時には就寝だ。

王都にいるときより体調がいい、なんて言う兵士もいる。

（野営地に張った結界はいつまで保つかな？　かれこれ十ヵ所に作ったけど、しばらく保つといいなぁ……そうすれば後から来る人たちが使えるからね……）

南方街道に設置したヒルネの結界が――数百年先まで維持されることは誰も知らない。

結界を中心に南方街道は発展していくのだが、それは未来のお話である。

ガタゴトと馬車は揺れ、南へと進んでいく。

（平和だなぁ……）

馬車の窓からは草原が見えた。ビロードのように風で揺れる草が、さわさわとこすれて音を鳴らしている。ヤギっぽい生き物が草原で草を食べていた。

「……ふあぁっ」

ヒルネがあくびをして、窓から顔と腕をだらりと垂らした。

地面が後ろに進むのが見え、視線を上げると横を走る馬車の車輪が回っているのが見える。

「暇ですね……お昼寝の時間はまだでしょうか？」

「こらこら、大聖女がだらしない姿勢をしない」

気づいたホリーがヒルネを背後から抱きかかえて、引きずるようにして上半身を馬車内に戻した。

ヒルネはそのまま全身をホリーにあずけた。

「私は縦長のお芋です。動けません。ホリーに運んでもらわないと生きていけないのです」

「なーに言ってるの。シャンと座りなさい。向こうの馬車からワンダさんが見てるわよ」

ホリーがずりずりと馬車内でヒルネを引いて、椅子に座らせた。

馬車は対面式の長椅子になっており、八人がけだ。少女三人で使うには余裕のある広さだった。

ワンダから渡された経営学の本を読んでいたジャンヌがくすくす笑っている。

「ジャンヌを見習いなさい。あなたの役に立とうと勉強してるのよ」

「お芋、勉強、できない」

「お芋な大聖女がどこにいるの。あっ、そのまま横になろうとしない。ジャンヌの膝に頭を乗せない——まったくもう」

お芋大聖女は隣に座るジャンヌの膝に頭を乗せた。

(ちょうどいい高さとぷにぷにやわらかさ。ごろ寝には最高だよ)

「お芋、顔、磨く」

ヒルネがジャンヌのメイド服に顔をこすりつけ、横向きになってお腹に顔をうずめた。洗いたてのメイド服は太陽の匂いがする。

「おもも、おひふへしはす」

「ヒルネさま、くすぐったいです」

もがもがとお腹でしゃべられ、ジャンヌが肩をすぼめた。

「この大聖女ダメだ……長旅でダラけにダラけてるわ。きっちり時間の決まった聖女の仕事はあったほうがいいわね」

ホリーがやれやれと肩をすくめて向かい側の席に座る。

「ヒルネさまもホリーさまも王都では休みなくお仕事されていましたから、旅のあいだくらいはいいと思いますよ?」

ジャンヌが楽しそうに笑みを浮かべている。

ホリーが「そうかしらね」とうなずいて、聖書を開いた。

馬車の揺れる音と、ページをめくる音、ヒルネの寝息が響く。

しばらくすると、ホリーが聖書から目を離した。

「確かに暇ではあるのよねぇ。聖句の練習をしたり、祈ったりしてるけど……安全なのはいいことだと思ったほうがいいわよね」

ホリーの言葉に、本を読んでいたジャンヌが顔を上げた。

ヒルネはすぴすぴと鼻息をもらして寝ている。

「そうですね。これもヒルネさまが結界を張ってくださっているおかげです。ちょっとこのお姿は人に見せられないですけど……」

ジャンヌが膝枕で寝ているヒルネを見て、可愛らしく苦笑する。

ホリーがヒルネを見てため息をもらし、ジャンヌの持っている本に視線を移した。

「ワンダさまに渡された本はどう？　難しい？」

「難しいです。計算ができないと理解できないんです」

経営学の本をひっくり返してホリーに見せる。

「私にはさっぱりだわ。記憶力はいいほうなんだけど……」

そう言いながら、興味があるのかホリーがジャンヌの隣に座った。

「少し教えてもらってもいい？　いずれ大聖女になる私には必要な知識ね」

「ワンダさまもそう仰っていました。領地経営の知識があれば街の発展を計算に入れて浄化の巡回ができるそうです」

「うん、うん。いいじゃない。効率がいいのは嬉しいわ。世界は広いもの」

ホリーが、さすがワンダさま、と笑顔でうなずいた。

「そういえば、ヒルネさまは不思議と計算が得意なんですよ。二桁の掛け算も暗算できるんです」

「え？　そうなの？」

前世では計算が得意だったヒルネ。

ホリーはアホな顔ですぴすぴ寝ているお芋大聖女を見て驚いた。

そして、負けてなるものかと闘志が燃え上がった。ホリーは負けず嫌いだ。

「ジャンヌ、私に計算を教えてちょうだい。いい暇つぶしになるわ」

「はい。私でよければお教えします」

ジャンヌが笑みを浮かべた。

真面目なホリーが、ジャンヌにはまぶしく見える。

二人はヒルネの寝息をバックミュージックに、昼ごはんの時間まで勉強を続けた。

午後十二時半になって、馬車が人里に入っていく。

そこで勉強会は中断となり、ジャンヌが窓の外を見た。

「次の野営地は人の住む町だそうですよ？　綺麗な湖があって、魔物と瘴気が寄ってこないそうです。楽しみですね」

「久々に人のいる場所で眠れるのね。よかったわ」

ジャンヌとホリーは笑みを交わし、二人がかりでヒルネを起こした。

6.

王都から馬車で二週間の町に到着した。

町はモデルナという名前で、湖を囲むようにして家々が建てられている。

辺境都市イクセンダールと王都の中継地点として栄えており、南方街道を利用する旅人は必ずモデルナで補給をして、旅に備える。

町が発展した理由は、湖が瘴気の発生を抑えているからだ。

「大聖女さま御一行だ！」「大聖女万歳！」「南方に平和を！」「大聖女さまぁぁ！」

大聖女ヒルネ来たるの報告に、町人が入り口の門に集まって手を振っている。

（んん？　もう町に着いたのかな？）

ヒルネは起きたばかりで目をこすった。ジャンヌのメイド服に頬をくっつけていたため、顔に赤いあとがついている。まさか出迎えた町民も、大聖女が寝ていたとは思っていない。

「ふあぁっ……皆さんの歓待がありがたいですね」

大きなあくびを一つ。ヒルネが窓から外を見てのんびり言った。

「ヒルネさま、お顔にあとがあるのであまり窓から顔を出さないでくださいね」

ジャンヌがヒルネに言う。

6.

大聖女の顔に寝ていたあとがあるとか、メフィスト星教としては認めたくない赤っ恥であった。

「あと、ついてます？　どのへんに？」

「ここです。右の頬に結構な線が……」

ジャンヌが自分の頬を指でなぞった。

ホリーがそれを見て、失敗したわという顔つきをした。

「こんなに歓迎してくれるなら、ヒルネを先に起こしておけばよかったわね」

そう言いながら、ヒルネとは逆の窓から顔を出して町民に手を振る。

水色髪の美少女、ホリーが窓から顔を出すと、旅団を見ていた町民が歓声を上げた。

口々に「ホリーさまだ！」「ヒルネさまと同時に聖女昇格したお方だ！」などと叫ぶ。

王都から情報発信されたヒルネとホリーの冒険譚は、南方の地まで響いている。グッドニュースの少ない南方にとって、二人は燦然と輝く希望の星であった。中にはヒルネとホリーの絵姿を掲げている者もいる。

そんな歓迎を受け、一行はモデルナの宿泊施設に到着した。

三階建ての木造建築で、牧歌的な雰囲気のする宿だ。

湖の近くにあり、宿屋から見える景色はいい。

「お昼ご飯ですかね？」

兵士に守られ、ヒルネがジャンヌ、ホリーと一緒に馬車から降りる。

そこでヒルネはとあるものを発見した。

あまりの衝撃に、出ていた足を止めたほどだ。

(あれはまさか……!)

「ヒルネさま?」

ジャンヌが首をかしげる。

ヒルネの視線の先、宿屋の入り口前には、縄で編まれたハンモックが設置されていた。

「なんということでしょう……エヴァーソフィアにハンモックがあるとは……」

「はんもっく?」

「善は急げです、ジャンヌ。さあ行きましょう!」

「え? あ、ちょっとヒルネさま?!」

ヒルネが宿屋の入り口に駆け出した。大聖女の衣が揺れる。

兵士たちもヒルネのあとに続く。

(これはハンモックですね。見紛うことなきハンモックです)

ヒルネが手で押せば、ゆらゆらとハンモックが揺れた。両端を宿屋の梁にくくりつけてあるみたいだ。

「ヒルネさま、これは果実を天日干しするベーリルですよ?」

「いえ、これはハンモックです。今日から私が名前を変更しました」

ヒルネが堂々と言った。めちゃくちゃである。

ホリーが後ろから心配そうな視線を向けた。何かやらかしそうだと察したらしい。

6.

「ヒルネ……あなた何するつもりよ？」

「――聖魔法、浄化」

ヒルネから星屑が噴き出して、ハンモックが浄化された。

（あとは寝てみるだけだけど、高いから一人じゃ乗れない。スカートめくれそうだし……。あ、いいところに寝具店ヴァルハラのトーマスさんが――）

聖魔法を見て「おおっ」と声を上げる面々をよそに、ヒルネはトーマスをロックオンした。

「トーマスさん。トーマスさん」

ヒルネが呼ぶと、離れた場所にいたトーマスが近づいてきた。

王都で庶民向けの寝具を販売している店の店主で、ナイスミドルな男性である。

「どうしたのですか、ヒルネちゃ――ごほん。ヒルネさま」

トーマスがヒルネに言った。

二年前からの付き合いだ。トーマスはヒルネを自分の娘のように大切にしている。ヒルネを見る目は優しかった。

「トーマスさん、私を持ち上げてください」

両手を広げるヒルネ。

急に持ち上げろと言われ、トーマスは困惑して周囲を見回した。

兵士や町民がヒルネに注目している。助けを求めるつもりでメイドのジャンヌ、聖女ホリーに視線を送るも、あきらめた様子で首を横に振られた。

「さあ、早く」

ヒルネがキラキラとした碧眼でトーマスを見上げた。新しいおもちゃを発見した子どもと同じだ。

ああ、これは断れないと察して、トーマスがヒルネの両脇に手を入れた。

「このハンモックに寝かせてください」

「ここに？　いいのですか？」

「かまいません。寝てみたいのです」

「わかりました」

トーマスは細くて可愛らしい大聖女を、宝物のようにゆっくりと、静かにベーリルへと寝かせた。

周囲の人々が、「えっ？」と目を点にしている。

町にやってきた大聖女が、急に果実を天日干しする網で寝だしたのだ。何が起きたのか理解に苦しんでいる。

「おおおっ。これがハンモックですか……！　ゆらゆら揺れて眠くなりますね。風も気持ちいいです」

前世の願い事。

南の島でハンモックに揺られて何も考えずにぼーっとしてみたい――。

（また一つ、夢が叶ったね。南の島があれば行ってみたいなぁ……）

ここは南の島ではないが、ヒルネは夢の一つが叶って嬉しかった。自然と笑みがこぼれる。

この世界には残業も、怒鳴る上司も、徹夜をしても終わらない仕事もない。私は自由なんだと、ヒルネはあらためて思った。

「トーマスさん、どうですか？　お昼寝用ですよ」

ヒルネが星海のような瞳を向け、にこりと笑う。

トーマスが何かに気づいたのか、ハッとした顔つきになった。

「なるほど、なるほど、確かにそうですね。地面につかず寝られるというのは、素晴らしい発想です。そうか……野営にも使えますね」

「ああ～、これはいいですねぇ」

すっぽりとベーリルあらため、ハンモックに収まっているヒルネ。

両手を胸の前で組んで目をつぶれば、南方の風を感じることができた。

（湖から吹く風が、草木の香りを運んでいるのかな……）

本人はただ寝てみたくてやっているだけなのだが、傍(はた)から見ると金髪碧眼の見目麗しい大聖女がベーリルに収まっている姿は、神聖な儀式に見えた。

（このハンモック、安眠効果があるね……他の人も眠れますように……）

純白の大聖女が湖畔の宿屋で眠っている。

絵になる光景だった。

何も知らない兵士と町民がありがたそうに聖印を切っている。

寝具店のトーマスはハンモックが商品化できないか、脳内で金貨を計算していた。

「そろそろ起こさないとワンダさん来ちゃいますかね？」

「急に変なことするのやめてくれないかしらね……ホント」

ジャンヌとホリーが囁き合った。

馬車であれだけ寝たのに、すでに意識を飛ばしているヒルネを見てため息混じりに笑っている。

誰も気づいていないが、ヒルネの背中から星屑が出ていて、気づかぬうちにハンモックへ安眠効果の加護が付与されていた。

7.

しばらくすると雑務を済ませたワンダがヒルネを発見し、すぐにハンモックから降ろされた。

昼食後、部屋で「大聖女とは――」と小一時間の説教を受けた。

(久々のお説教。ねむみ)

ワンダの話はまだ続いている。

どうにか意識を飛ばさずに聞いていたが、前後不覚になってしまった。

説教も終盤に差し掛かり、ヒルネの頭は荒波にさらされた船のごとく、ぐわんぐわん揺れ始めた。

ワンダの話はいつも長い。

それもこれも、すべてヒルネを心配しているからだ。

「――でありますから、あなたは大聖女の自覚を全身に刻み込んで行動をせねばなりません。決して思いつきで行動してはいけませんよ。いいですね？」

ワンダがちらりとヒルネを見た。

ヒルネは眠らないように、聖魔法を使って上まぶたと下まぶたを全力で引っ張って両目をかっ開いている。美少女が台無しであった。

「……」

ワンダがハアとため息をついた。

お説教が終わるまでそばで待っているジャンヌにとっては拷問だ。

笑いたくても笑えないため、自分の太ももをつねっている。

「いいですね？」

眠さを耐えていることを知っているワンダが、腰に手を当ててヒルネの目を覗き込んだ。

「ふぁい」

どうにか返事をするヒルネ。

（どうしてお説教は眠くなるのだろうか……ミステリー……）

世界の真理を探求するかのように自問自答をする。

昼ご飯を食べたことによる眠気だと思いたい。

「それから、ホリーから聞いたわよ。長旅でヒルネがダラけにダラけていると。真夏のスライムみたいになっていると。大聖女がそのようなことではいけません。人間、生活にはメリハリが必要なのです」

ワンダの説教が延長戦に突入しそうであった。

「明日からは出発前のお祈りに加えて、馬車内での聖書朗読も行ってもらいます。生活の乱れを正しましょう。いいですね？」

「ふぁい」

ヒルネはどうにか返事をした。

さすがにもう限界だと察したのか、ワンダが心配そうな視線を向けてから、部屋を出ていった。

その瞬間、ヒルネは寝た。

「ぐぅ……」

「ああ、ヒルネさま。もう寝ちゃったんですか？」

「ぐぅ……」

ジャンヌがヒルネを抱えて、部屋にあるベッドへ寝かせた。

彼女は『疲れない』『素早く動ける』という二つの加護を毎晩受けている、ハイスペックメイドである。ヒルネ一人を抱えるぐらい、まったく問題ない。

「困ったお方ですね……」

ジャンヌが、いつも使っている掛け布団――相棒をそっとかけた。

ヒルネの長いまつ毛がぴくりと動く。

寝顔は天使のように美しい。

ジャンヌはヒルネを見守りながら、部屋に持ってきていた経済学の本を読み進めることにした。

しばらく本を読み、ジャンヌはふと窓の外を見た。

窓の外には青い湖が見え、大きな白い鳥が水浴びをしている。そこから離れた場所では、魚を捕りに行くのか、麦わら帽子をかぶった町人が小舟を漕いで湖を移動していた。

「とっても素敵な町です」

ジャンヌは本を閉じ、窓を開けた。

爽やかな風がジャンヌのポニーテールを揺らした。宿屋の庭でジャムを煮ているのか、甘い香りがする。

「あ、ホリーさまだ」

町人にパンとジャムをもらい、美味しそうに食べているホリーを見つけた。

ホリーの水色髪はよく目立つ。

ジャンヌは笑顔で手を振った。

「ホリーさまぁ」

ジャンヌの声に気づいたのか、ホリーがきょろきょろと周囲を見回し、宿屋の二階を見上げた。

ホリーはジャンヌと目が合うと、手に持っていた木皿をささっと背後に隠して頬を赤くした。

パンを食べていたのが見つかって恥ずかしいらしい。

「ホリー。ヒルネは寝ているの？」

すまし顔でホリーが聞いた。

「はい、お眠りになっています」

「聞くまでもなかったわね」

ホリーがやれやれと肩をすくめた。

「ミニベリーのジャムですかぁ？　南方地域では有名なんですよ！」

ジャンヌがまったく悪気なく聞いた。ジャンヌもジャンヌで、ちょっと天然なところがある。

言われたホリーは顔を赤くした。

「え、ええ、そうよ！　この町の名物なんですって！　先ほど浄化の手伝いをしたお礼にどうしてもと言われていただいたの」

「そうなんですね。さすがホリーさまです」

ジャンヌが屈託のない笑みを浮かべる。

ジャムを作っている町人のおばさんもうんうんとうなずいていた。

「まあね、聖女として当然のことをしたまでだわ。私、最年少聖女だし」

むずがゆそうに頬を動かし、ホリーが斜め上を見上げる。

すると、いつの間に起きていたのか、ジャンヌの横からヒルネがにゅっと顔を出した。

「甘い匂いがすると思えば……ホリーは食いしん坊ですねぇ」

ヒルネに言われ、ホリーは熱が引いてきた頬をまた赤く染めた。

「不名誉なことを言わないでちょうだい。ヒルネ、あなたも下りてきて。町の外に行くわよ。少しでも町の近くにいる瘴気を減らしましょう」

「あっふ……わかりました」

瘴気がいるとなれば、ヒルネも快諾する。

湖のおかげで町内までは入りこんでいないが、やや離れた場所に瘴気の存在を感じた。

ジャムを作っているおばさんは、ヒルネのあくびを見て微笑んでいる。

(ぱぱっと浄化して安眠しよう。そうしよう。あと、ジャムをもらおう)

「ジャンヌ、一緒に行きましょう」

「はいっ」

ジャンヌに寝癖を直してもらい、大聖女のローブを着て宿屋の玄関を出た。

(あ、ハンモックに列ができてる)

先ほどヒルネが眠っていたハンモックに、町人が並んでいた。

宿屋の軒先にある梁につながれたハンモックには中年男性が寝ていて、気持ちよさそうに目を閉じている。ゆらゆらと揺れているのが眠気を誘う。

ヒルネは列を仕切っている近場にいた兵士に声をかけた。

「どうされたのですか?」

「これは大聖女さま！」

兵士が聖印を切って、一礼した。

「大聖女ヒルネさまがお眠りになっていたベーリルが、横になって三秒で眠れると話題になりまして……試したいという町人が集まっております」

「さすがはハンモックですね。風も気持ちいいですし、お昼寝にはぴったりです」

「ハンモック？　ハンモックとは？」

列に並んでいた、初老の男性がヒルネに声をかけた。

小綺麗な服装をしている。この町の重役であった。

「はい。人が寝るあみあみのことです。ハンモックと名付けました」

自分の功績のように胸を張るヒルネ。

「おおお、ベーリルと区別するのですな。わたくしめが責任をもって皆に広めておきましょう」

「ぜひともそうしてください。湖の町にふさわしいかと思います」

「かしこまりました」

老人が恭しく一礼する。

その後、ハンモックはモデルナの名物となり、寝具店ヴァルハラと協力して世界に拡散していくことになる。ヒルネがそれを知るのは、そう遠くない未来である。

「では行きましょう。ジャンヌ、お待たせしました」

「はい。参りましょう」

そんなことはつゆ知らず、のんきな大聖女はホリーの待つ宿屋の庭へと向かった。

〇

ヒルネはホリー、兵士数名を連れて町周辺の瘴気を浄化していった。

女騎士の操る馬に乗り、二時間ほど浄化が行われ、周辺からは悪しきものの気配が消えた。

もちろんヒルネはご褒美のジャムとパンをおばさんからもらい、夢見心地だ。

(仕事をしたあとの甘いものは最高だね〜……)

ミニベリーのジャムは甘酸っぱい味がする。

(これぞ青春の味？　ちょっと違う？)

ヒルネはパンを片手に楽しそうに話しているホリー、ジャンヌを見て、笑みを浮かべた。

思えば学生時代は友達があまりいなかった。

貧乏だったせいで家の手伝いをしていて、遊びにもほとんど行っていない。

放課後に友達と何かをするのはこういう感じなのかな、と思う。

「ヒルネさま、どうかされましたか？」

ジャンヌがぺろりとジャムパンを食べ、ヒルネを見つめた。

「いえいえ、なんでもありませんよ」

ヒルネは感慨深げに目を細め、じっとジャムパンを見つめた。

「なんだか楽しそうですね？」

「そうですね。こうして美味しいものをみんなで食べることができて、幸せです」

「ヒルネさま……」

ジャンヌは急にヒルネがどこかへ行ってしまいそうな錯覚にとらわれ、力強くうなずいた。

「はい。私も幸せです。この先もずっとずっと一緒にいましょうね？」

「ジャンヌがいないと夜も眠れませんので、これからもよろしくお願いしますね」

「はいっ！」

満面の笑みを浮かべ、ジャンヌが返事をした。

「食いしん坊のホリーも、お願いしますね。ずっと一緒ですよ」

ヒルネがホリーを見た。

隣で聞き耳を立てていたホリーがびくりとし、あわててそっぽを向いた。

「ま、まあ？　そう言われたらずっと一緒にいないこともないけど……」

そこまで言って、ホリーが視線をヒルネへ急旋回させた。

「というより、また食いしん坊って言ったでしょう？　不名誉だからやめてちょうだい」

「ジャムが口の横についていますよ」

ヒルネが微笑みながらハンカチを出し、ホリーの口元を拭いた。

「――ッ」

恥ずかしさでホリーは「ううっ」となりながら、なすがままにされている。

まさかヒルネに世話を焼かれるとは思わなかった。

「……ありがと」

ホリーが小さく言って、ヒルネとジャンヌに背を向けた。

そのとき、湖から一陣の風が吹いた。

大きな鳥が鳴き声を上げて飛び立っていく。

青空に白い翼が何枚も広がって、雲のように消えていった。

ヒルネの長い髪がふわりとなびいた。

「またこの町に来たいですねぇ……」

ヒルネがつぶやくと、ジャンヌとホリーもうなずいた。

「そうですね……」

「そうね」

三人の言葉に、近くにいた町人が笑みを浮かべている。

(素敵な町だな……やっぱりこの世界には幸せがいっぱい落ちているよ……)

ヒルネは湖にキラキラと反射する光を、あきることなくずっと眺めていた。

8.

南方旅団は三週間の旅路を経て、無事に辺境都市イクセンダールに到着した。

丘陵を越える街道からは防壁がよく見える。

都市のそこかしこから、黒い煙が立ち昇っていた。

魔石炭を燃やす煙だ。

魔物から都市を守る無骨な防壁、もうもうと上がる黒い煙——王都とはまったく違う街の姿に旅団のメンバーは目を奪われた。

「着いたぞ」「おお、ここがイクセンダールか」などと言い交わしつつ、面々は辺境都市を眼下におさめ、互いに長旅をねぎらった。さらに、「大聖女ヒルネさま万歳」とヒルネの功績を称えている。

街道の要所にはヒルネの結界が張られ、近年稀に見る快適な旅であった。

一方、大聖女ヒルネは……皆から感謝されているとは知らず、馬車内で大きなあくびをしていた。

「ふああぁぁっ……あふっ」

（長かったような短かったような、あっという間に着いたなぁ……）

ホリーに膝枕をしてもらっているヒルネが、ぼんやりと馬車の天井を見上げた。

「ちょっと、いつまで寝てるのよ」

ホリーがヒルネの肩を揺らす。

「ジャンヌと違った弾力がいいんです。むにむにのもちもちという感じですね。ということで、あと一時間お願いします」

「人様の太ももを比較しないでちょうだい」

大きな吊り目を細め、ホリーがヒルネのほっぺたをむにーと引っ張った。

「ほひーのふとほほはやわらはいんでふ。ふはふはでふ」

「お肉がついてるって言いたいの⁉ 苺パンがおいしいのがいけないのよっ」

「ほひーはふいひんぼうでふへぇ」

「うるさいわよ。このっ、このっ」

８．

「ひはいっ、ひはいでふ」

大聖女のほっぺたをわりと本気で引っ張る聖女。

メイドのジャンヌがくすくすと笑っている。

膝の上の攻防がしばらく続くと、馬車の窓がコンコンとノックされた。

素早い動きでホリーが両手を引っ込め、聖句を唱えてヒルネのほっぺたを治癒する。キラキラと星屑が舞い、ヒルネの頬から痛みが引いた。さらにヒルネを起き上がらせて、クッションにもたれさせる。早業であった。

「いいわよ」

ホリーがジャンヌに目配せをした。

ジャンヌがホリーの合図で窓を開けた。

「はい、なんでしょうか？」

「お話し中のところ失礼いたします。南方旅団団長、ジェレミーでございます」

馬上からイケメン騎士団長が一礼した。

ジャンヌも礼を返す。

「大聖女ヒルネさまにご報告を差し上げたく、参上いたしました」

「少々お待ちくださいませ」

ジャンヌが振り返ると、ヒルネが起き上がって、窓から顔を出した。

「これはこれは、大聖女ヒルネさま――」

団長ジェレミーが聖印を切る。

ヒルネは微笑を返し、ちらりとジェレミーの太ももを見た。あぶみに足が置かれている。鍛えられた太ももは筋肉質だった。

（この膝枕は硬そう。不合格）

勝手に審査をしているヒルネ。

「ヒルネさま。長旅お疲れ様でございました。ヒルネさまのご加護のおかげで、誰一人欠けることなく旅を終えることができ、こうして感謝を申し上げたく、参上した次第でございます」

「兵士の皆さまがいたからこそ、皆さんも安心して旅ができたと思います。私のほうこそありがとうございました。感謝いたします」

「もったいないお言葉でございます」

団長ジェレミーが恐縮して一礼した。

微笑を浮かべているヒルネは、女神ソフィアの化身そのものである。宝石のような碧眼に長いまつ毛、可憐（かれん）な唇は小さな弧を描いている。

ジェレミーはヒルネの神々しさに、また聖印を切った。

（ベッドベッドおふとぉん！　やっとちゃんとしたベッドで眠れるよ。南方のご飯も楽しみだなぁ～。わったしの教会♪　わったしの教会♪）

何も気づかない団長ジェレミーが白い歯を見せ、片手を上げた。

「ご覧くださいヒルネさま。眼下に見える街が辺境都市イクセンダールです」

8.

「大きな街ですね」

「はい。王国の重要拠点でございますから」

ヒルネは碧眼を前方へ向けた。

ジャンヌとホリーも反対側の窓から外を眺める。

(分厚い壁に囲まれてるね。空気が重い……もくもく煙が上がってる。たしか、鉄とか銀とかを鋳造する都市なんだっけ?)

ガタゴト、ザクザクという旅団の足音を聞きながら、ヒルネはじっとイクセンダールを見つめる。

(瘴気が近いかも……)

ヒルネは目を閉じて、聖魔法で探知をかけた。

キラキラと星屑が舞い、ヒルネの頭の中に情報が入ってきた。

(かなり近いところまで瘴気が来てる……。これは聖女が何人も派遣されるわけだよ)

ヒルネが目を開けると、静かに様子を見ていた団長ジェレミーが聖印を切った。

「いかがいたしましたか?」

「瘴気の多い土地ですね」

「はい……。我々も国王から常駐の任を受けております。都市の安全は我々が守ります。ご安心を」

「はい。頼りにしております」

「はっ、おまかせください!」

団長ジェレミーが敬礼し、にこやかに笑った。

「辺境都市の民がヒルネさまを今か今かと待っております。まずはお姿を皆にお見せいただければと思います。ヒルネさまの御威光に民は感服し、明日への希望を見出せるでしょう」

「かしこまりました。私でよければいくらでも」

（安眠のため、ほどほどに頑張ろう……！）

ヒルネが答えると、団長ジェレミーは恭しく聖印を切り、手綱を操って前方へと戻っていった。

辺境都市イクセンダール――別名、鉄と煙の街。

潤沢な鉱石、肥沃な大地が人々を魅了して止まない、王国最大の未開拓地である。

ヒルネが着任したことにより『鉄と煙の街』がどう変貌していくかは、誰にもわからなかった。

9.

旅団は南方地域最大の都市、イクセンダールに入った。

ヒルネは馬車から顔を出して笑顔で手を振り、民衆の熱烈な歓迎に応えた。

南方に大聖女きたり！

市民たちは涙を流し、抱き合っている。

（よほどつらかったみたいだね……街には魔物に攻撃された跡がいくつもあるし……）

ヒルネはめずらしく眠気が飛んだ。

辺境都市イクセンダールは無骨な街だ。

防壁に覆われ、色気のまったくない鉄板で何度も補強されている。家族を失った者や、村が襲撃されて逃げ込んできた避難民であふれていた。

大通りに街路樹はなく、実用性のみを追求したレンガ舗装の道がまっすぐ続いていた。

余計な物を置くといざというときに逃げられないからだ。

「王都とは全然ちがいますね」

最近破壊されたのか、ぼろぼろになった家々を見て、ヒルネはつぶやいた。

「そうね。見ると聞くとでは大違いよね」

民衆に手を振りつつ、ホリーが答える。

顔は笑っているが声色は悲しみに包まれていた。ホリーは正義感の強い子だ。聖女である責任を感じているみたいだった。

「ヒルネさま、ホリーさま、もういいそうですよ」

馬車の後部にある窓から指示を受けたジャンヌが、二人に言った。

ヒルネとホリーは馬車の窓から離れてカーテンを閉めた。

(これは大変そうだねぇ……安眠できるかな)

ふうとため息が漏れた。

イクセンダールの街には重い空気が漂っている。

魔石炭を燃やしているため、絶えず煙が上がっていることもあるが、街を包んでいる終わらない疲労の空気が街全体に重々しくのしかかっていた。誰しもが瘴気と魔物の脅威に怯えて暮らしていた。

（まあ、住めば都って言うし、私とホリーでちょっとずつ浄化していけばなんとかなるか。他の聖女もいるしね）

ヒルネは楽観的に考えた。安心すると眠気が舞い戻ってくる。

「ふああ〜〜〜っ……あっふ」

大きなあくびに、深刻な顔をしていたホリーとジャンヌが顔を見合わせた。

「ヒルネは自分の調子を崩さないわねぇ……」

「さすがヒルネさまです！　私もいつもどおりに頑張りますっ」

「ふあっ？」

あくびのせいで二人の言葉を聞き逃していたヒルネが、大口を開けて首をかしげた。

ホリーとジャンヌはヒルネの余裕ぶりといつもの態度に妙な安心感を得て、思わず噴き出してしまった。

「ふふっ……大聖女は違うわね」

「そうですね」

「なんです？　人の顔を見て笑うとはひどいですよ」

ヒルネは碧眼をぱちくりさせ、小さなあくびを漏らした。

9.

○

街の南側にあるメフィスト星教の教会に到着し、馬車が敷地内へ入っていく。

「広いですね。奥の丘にも教会があるみたいです」

教会の奥にちょっとした丘が見える。

街の中に巨大公園が設置されているような感覚だろうか。

古ぼけた教会があり、その背後には芝生の広場が広がっている。

丘の上には大きな教会らしき建物が見えた。どうやら半壊しているのか、原形をとどめていない。

ヒルネが大聖女のローブをひるがえして馬車を降りると、メフィスト星教の聖職者が一人、待っていた。

「大聖女ヒルネさま……お待ちしておりました」

聖職者のローブに身をまとったご老人が聖印を切った。

額に星形のようなシミがついている、優しげな男性だ。

「メフィスト星教南方支部、大司教ジジトリアでございます。お噂には聞いておりましたが……美しき女神ソフィアのようなお方ですね」

しゃがれ声を震わせ、ジジトリアがヒルネを見て感激している。

大司教ジジトリアは南方支部の責任者だ。地方教会の大司教であるため、階級としてはゼキュートスの一つ下という扱いになる。

彼からは苦労人のオーラがにじみ出ていた。

「こちらこそよろしくお願いいたします。至らぬ点ばかりですので、ご教授いただけると嬉しいです」

ぺこりと一礼するヒルネ。

「お若いのにしっかりしている」

ジジトリアが笑みを浮かべ、馬車から出てきたホリーへ目を向けた。

「聖女ホリーさま、お待ちしておりました。ヒルネさまと同じ最年少の聖女。南方支部はあなたさまを歓迎いたします」

ホリーは挨拶を受けて、丁寧に聖印を切った。

「こちらこそ、お会いできて光栄です。ジジトリアさまの功績は聞いておりますわ。南方地域にメフィスト星教の存在を広めたのはジジトリアさまであると、誰もが知っております」

「とんでもない。女神ソフィアさまのお導きがあったおかげですよ」

挨拶もそこそこに、大司教ジジトリアが南方支部の教会を案内してくれた。

ヒルネ、ジャンヌ、ホリー。それから教育係ワンダがついてくる。

「こちらが礼拝堂でございます」

ジジトリアが恭しく言った。

何度も壁を修繕した跡があり、古ぼけた礼拝堂だが、静謐な空気と清潔さに満ちている。

旅団のメンバーであったメフィスト星教本教会から来た聖職者、メイドたちは、各々の持ち場の担当者とともに散っていった。また、兵士たち、ヒルネについてきた一般人たちは礼拝堂で祈りを捧げ、各自やるべきことをやるべく解散した。

ヒルネ、ホリー、ジャンヌは寝具店ヴァルハラ店長トーマス、パン屋のピピィ、串焼き屋の店長など仲のいい人たちと挨拶を交わして別れた。

(旅は終わりだね……)

ヒルネは一抹のさびしさを感じながらも、新しい生活に思いを馳せる。

礼拝堂での祈りが済むと、大司教ジジトリアが教会内部へと促した。

こつこつと廊下を歩く音が響いた。

「ヒルネさま、私のことはどうぞジジとでもお呼びください」

「ジジとでも?」

突然そんなことを言われてオウム返しをしてしまう。

ホリーとワンダがあわてた様子でヒルネの肩を叩いた。

「ヒルネ、あだ名で呼ぶなんてとんでもないわよ……!」

「そうですよヒルネ。大司教ジジトリアさまは南方の父と呼ばれるお方です。ゼキュートスさまにも尊敬されているのですよ?」

ホリーとワンダが両側からステレオ的な感じで言ってくる。

だが、ヒルネはあまり聞いていなかった。

(ジジさまか……なんかいいね。おじいちゃんを思い出すなぁ)

子どもの頃に何度か会った祖父を思い出した。

夏休み、母方の実家に遊びに行ったときにスイカを切ってもらい、駄菓子屋でお菓子を買ってもらった記憶がある。

ヒルネは記憶のスイッチが入ったのか、次々と楽しかった過去を思い出し、幸せな気持ちになった。

自然と笑みがこぼれ、隣を歩いているジジトリアを見つめた。

「はい。わかりました。私のことはどうぞヒルネと呼んでくださいね、ジジさま」

まさかヒルネが了承するとは思わなかったのか、ジジトリアは一瞬固まり、すぐに破顔した。

「ほっほっほっほ。ジジさま、うん、うん。大変いいでしょう。では私も遠慮なくヒルネとお呼びいたしましょう」

「はいっ」

ジジトリアは孫娘を見るような笑みを浮かべ、ヒルネも笑ってうなずいた。

ホリーとワンダが仕方ないわね、と言いたげなため息をつき、その後ろを歩いているジャンヌは相変わらずなヒルネの行動にニコニコと笑っている。

「ジジさま、お聞きしてもいいですか？」

「なんでしょう、ヒルネ」

早速、新しく決めた呼び方で呼び合う二人。

「おでこの星みたいなシミはどうしたのですか？　星屑のせいですか？」

「これは生まれたときからあったんですよ。女神ソフィアさまにお会いするたび、大きくなっております」

「ソフィアさまに会ったことがあるんですか？」

（ジジさまも！）

ヒルネは嬉しくなってジジトリアの目を覗き込んだ。

ホリー、ワンダ、ジャンヌも話が気になってジジトリアを見つめた。

「祈りを捧げていると、ふとした瞬間にお姿をお見せになってくださいます。私の目にはぼんやりした輪郭しか見えませんが……」

彼はそう言い、瞳を細めた。

「そうなんですね。私もお会いしたことがありますよ。とってもお美しくて優しいお方です。大好きなんです」

「なんですと……お会いしたことが？」

「はいっ。髪は金色で背は高いです。額にはティアラをつけておいでですよ」

「お……おおお……」

ジジトリアは感激したのか、立ち止まって打ち震えた。

「……私もいつかご尊顔を拝見したいものです……」

ジジトリアが何度か聖印を切った。

ホリー、ワンダも聖印を切る。

（また会いたいなぁ……女神さま。お昼寝する約束したもんね）

ヒルネは女神の豪奢な金髪を思い出して、微笑んだ。二人で昼寝をしたらきっと気持ちがいいだろうと思う。

しばらくして、ジジトリアが案内を再開してくれた。

一行は教会内を歩き、外に出て、芝生の続く広場へと向かった。

ジジトリアが丘の上にある半壊した建物へ手を向け、ヒルネを見た。

「あちらが、前大聖女マルティーヌさまが住んでいらっしゃった大教会でございます。魔物の脅威のせいで修繕もできず……お使いにはなれません」

できるだけ感情を出さずに話しているが、大司教ジジトリアから悲しみを感じた。

ヒルネは緑に染まる芝生広場の奥を見上げる。

かつては美麗な建物であった面影をわずかに残し、大教会は瓦礫の山になっていた。積み木が崩れたような姿だ。入り口部分と屋根にあった尖塔部分が原形を残していて、ところどころに女神が彫られた装飾が見える。

（あれが、前の大聖女がいた大教会……。なんだろう……なんだか、家に帰ってきたみたいな……そんな気持ちになってくる……私を呼んでいる……？）

「あっ！　ヒルネ！」

ヒルネは居ても立ってもいられなくなり、芝生を駆け出した。

「ヒルネさま⁉」

ホリーとジャンヌが気づいて、追いかける。

面食らったジジトリアとワンダも急ぎ足で追った。

（呼んでいる……私を……！）

ザクザクと芝生を蹴る音が響き、青い草の匂いが鼻をくすぐる。

あまり運動をしていない身体なのですぐに息が上がってきた。

「ハァ……ハァ……」

ヒルネは丘を駆け、崩れた大教会を見上げた。

かろうじて入り口から、中に入ることができる。

（ひんやりしてる……床には魔法陣が描かれてるね……）

掃除だけはしているのか、瓦礫が積み上がっている場所以外は綺麗だ。

「ハァ……ふぅ……ふう……」

崩れた壁の隙間から光が入っていて、浮いているホコリが星屑のように気ままに漂っている様子が見えた。正面にある女神像だけは美しい形のまま健在だ。

ヒルネが呼吸を整えつつぼんやり見上げていると、ホリーとジャンヌが隣にやってきた。

「ハァ……ハァ……いきなりどうしたのよ？　走り出すなら言ってちょうだいよ」

「ふう。ヒルネさまが転ばないか心配でした」

ホリーは息も絶え絶えに、ジャンヌは余裕の表情で問いかける。

ヒルネは何も答えない。

二人は横からヒルネの碧眼を見て、その視線の先にある女神像を見上げた。

「女神像……なんて綺麗なんでしょう」

「本教会にある像と違いますね……」

ホリーとジャンヌが感慨深げにつぶやくと、ヒルネがくるりと向き直った。

「決めました。私は今日からここで寝ます。とても居心地がいい場所です」

ヒルネが碧眼をキラキラさせて、半壊した大教会の天井を見上げた。

「ええっ⁈」

「えええっ⁈」

ホリーとジャンヌの驚く声が響き、追いついた大司教ジジトリアとワンダもヒルネの声を聞いていたのか、目を丸くした。

10.

半壊した前大聖女の大教会。

ヒルネは入った瞬間に、ここに住むことを決めた。

(快眠の予感がする……!)

「なんというか、とても気に入りました」

「気に入ったって、どういうこと？」

「ヒルネさま。ちょっとこちらは……」

ホリーが声を上げ、ジャンヌが周囲を見回す。

「素晴らしい場所です」

そんなことを言うヒルネを叱るのはワンダだった。

彼女は切れ長の瞳を向け、視線を厳しくした。

「雨も入ってくる、いつ崩れるかわからない、そんな場所に寝泊まりするなど許せません。ヒルネ、修繕が終わるまで大人しく下の教会で寝なさい」

「いやです。ここがいいんです」

「あなたは大切な存在です。大聖女がここに住むと決めたら、他の聖職者がちゃんとしたベッドで寝るのを恐れ多いと思うでしょう。いずれ修繕されるのです。今は我慢なさい」

「誰がなんと言おうとここに住みます。ここがいいんです」

ヒルネはたたたと走って、大きな女神像にしがみついた。

小さな蟬（せみ）のようであった。

「私は今、女神さまと一体化しました。離れることはできません」

ほっぺたを女神像に押し付け、ぶにっと顔をへこませる大聖女。

ワンダ、ホリーが盛大なため息をついた。

ジャンヌは今回ばかりはどうしていいかわからず、おろおろしている。

女神像に張り付いているヒルネを見た大司教ジジトリアは何を思ったか、一歩前へ出て、恭しく頭を垂れた。そして涙を流し始めた。

「ジジトリアさま……?」

ワンダが驚きの声を上げた。

ジジトリアは気にせず口を開いた。

「ヒルネ……あなたのお気持ちはよくわかりました……。私が子どもだった頃、大聖女さまはこの大教会に住んでおられました……」

ジジトリアが半壊した礼拝堂を見上げた。

「かつては星屑が舞い、熱心な信徒が集い、聖獣が遊んでいた大教会は……それはもう美しく……幸せの象徴でございました。もう何十年も前になりますが、イクセンダールは笑い声の絶えない街だったのですよ」

ジジトリアは昔を思い出しているのか、少年のように目を輝かせた。

「いつかはここに大聖女さまがやってくる……そんなことをずっと夢見てきたのです。あれから幾千の時間が流れ……私は南方教会に大聖女さまを迎える幸運を……手にすることができました」

「ジジさま……」

ヒルネはジジトリアを見つめた。

彼の瞳を通じて、過去のイクセンダールが脳裏に浮かぶ。

(そうか……危険のない、いい街だったんだね……)

「大聖女ヒルネさまのご希望、しかと承知いたしました。必要なものを運ばせましょう」

「ジジさま……」

ヒルネは女神像から離れ、ジジトリアに抱きついた。

「ヒルネ……今日からここがあなたの家ですよ」

「ありがとう」

「いいのです。きっと、前の大聖女さま——マルティーヌさまがあなたを呼んだのでしょう」

ジジトリアはぽんぽんとヒルネの背中を叩き、ゆっくりと離れ、ジャンヌを見た。

「さて、これから忙しくなりますね。お付きのメイドさん、お名前は?」

「ジャンヌと申します」

ジャンヌが背筋を伸ばしてハキハキと答えた。

「頼りがいのあるメイドさんですね。メイド長にこのことを伝えてください。彼女なら張り切って準備してくれるでしょう」

「かしこまりました」

ジャンヌは一礼して、パッと駆け出した。

疲労軽減、素早さの加護がある彼女は疾風のごとく走る。メイド服が真横になびいて、数秒で見えなくなった。

「ジジトリアさま……大丈夫なのでしょうか?」

たまらずワンダが聞いた。さすがに心配だ。

ジジトリアは大司教らしく、落ち着いた表情でうなずいた。

「我々はこの大教会を修繕しようと何度も試しましたが、すべて失敗に終わりました。きっと、主の帰りを待っていたのでしょう」

「そうなのですか？」

ワンダが興味深いと思ったのか、顔を寄せた。

ヒルネとホリーも近づいた。

「大教会はどんなに雨が降っても崩れることはありませんでした。その代わり、人の手が入ることを嫌がるように、補修をすると知らぬ間に元の状態に戻っており……今の半壊状態が、かれこれ四十年続いております。イクセンダールでは有名な話ですよ」

「そんな逸話があったとは……無学をお許しくださいませ」

ワンダが頭を下げた。

はじめからその話を知っていたら、考えも違っていたはずだ。

「いいのです。王都には伝わる必要のない話ですからね」

ジジトリアがにこりと笑い、彼も一礼する。

「お話のついでではないですが、イクセンダール辺境都市の古い物語に出てくる時計塔は……今はどうなのでしょうか？」

ワンダが質問をすると、ジジトリアが顔を伏せた。

「時計塔は瘴気との戦闘で失われてしまいました……鐘とともに……」

「そうでしたか……ご教授、ありがとうございます」

ワンダが悲しげに眉を寄せ、再度一礼する。

（時計塔？　イクセンダールには時計塔があったのかな？）

ヒルネは首をかしげた。

すると、ずっと黙っていたホリーが会話のちょうどいい切れ目だと思ったのか、言いづらそうに顔を上げて口を開いた。

「あの……ジジトリアさま、ワンダさま？」

「なんですか、ホリーさま」

ジジトリアが優しく微笑む。

「私もここで寝泊まりしていいでしょうか？　ヒルネをほうっておくのは心配ですし、それに、私もなんだかこの大教会が好きになってきました」

恥ずかしそうに言うホリーが、ちらりとヒルネを見る。

「ホリー。そうしましょう！」

嬉しかったのか、ヒルネががばりとホリーに抱きついた。

「ちょっと、大司教さまの前で……やめてちょうだい……」

ホリーは本気で恥ずかしいのか、じたばたとヒルネの拘束から抜け出そうとした。

引っ付き虫になったヒルネは意地でも放すまいとホリーに顔を押し付けた。

「毎日一緒に寝ましょうね。ね？」

「聖女は別々の部屋で寝る決まりでしょう。ダメよ。というか離れてちょうだいっ」

ホリーの水色髪とヒルネの金髪が交差して、聖女服がひるがえる。

さすがに見ていられなくなったのか、ワンダがため息をついて二人を引き離した。

「それ以上は千枚廊下の掃除ですよ」

ヒルネ、ホリーがぴたりと動きを止め、直立した。

「すみませんでした」

「申し訳ありませんでした」

鮮やかな動きで謝罪する大聖女と聖女。

千枚廊下の掃除はなんだかんだ時間もかかるし、見られると恥ずかしいし、できれば避けたいのだ。

ワンダが困った子たちね、と笑みをこぼし、一連の流れを見ていたジジトリアが、「ほっほっほっほ」と笑った。

四十年ぶりに、大教会に楽しげな笑い声が響いた瞬間であった。

11.

大聖女ヒルネが半壊した大教会に住む——

その噂はまたたく間に辺境都市イクセンダールを駆け抜けた。

十歳の大聖女を眉唾ものだと思っていた疑り深い市民もこれには感動し、いよいよイクセンダールにも平和が訪れるのではと街に活気が戻ってきた。

浮かれた気分の街もいつしか夕暮れになり、やがて夜の帳が下りる。

今を生きることに精一杯であった市民たちは、明日の希望を胸に抱いて夜を迎えた。

そんな中、都市の警護をしている兵士の一人が、高さ五メートルの防壁から外を睨んだ。

「日没だ。ぼちぼち客が来るぞ」

野太い声で彼は言う。

部下らしき若い兵士たちが緊張した面持ちで、手に持っている剣を樽に入った聖水へつけた。

聖水は聖魔法の使えない一般人が瘴気に対抗する唯一の方法だ。

「大聖女が来ても変わらんな……。俺たちは血反吐を吐いて街を守る。それだけだ」

顔に大きな傷跡がある彼は、瘴気の発生が多い東門を担当している部隊長である。十六歳から四十歳まで現場に出続けているベテラン兵士だ。彼の人生は闘いであった。何人もの同僚が、魔物との闘いで命を落としている。

「死ぬが早いか、死ぬが遅いか、しかばねを越えた先、怯えて暮らす、人々の偽物の笑顔はいつまでも――」

いつぞや酒場で聴いた、吟遊詩人の歌う曲だ。

「はっ……辛気くせえ歌だ。次、あの吟遊詩人に会ったら銀貨を返してもらうかね」

しわの増えてきた頬を手でなぞり、古傷にも指を這わせ、彼は薄く笑った。

「よぉし！　たいまつに火をつけろ！　魔石炭を燃やせ！　今夜も魔物と瘴気のダンスパーティーだ！」

号令一下、防壁の防衛柵にたいまつの光が灯る。

夜が来る。

明かりが灯る。

辺境都市イクセンダールの防壁すべてを、ぐるりと囲うように光がついた。

西、南、北の門でも号令が出たようだ。

部隊長は毎晩の見慣れた光景を見て、辺境都市イクセンダールは深い海に浮かぶ難破船のようだと思う。子ども時代に住んでいた海の町が懐かしかった。

「……どうした。怖気づいたか？」

部隊長は新入りの兵士を見つけて声をかけた。

誰がどう見ても緊張が隠せていない。肩に力が入り、剣を握り締めている。

「力を抜け。今から疲れてどうする」

緊張している新入りの背中を叩いた。

ガン、と鎧とガントレットのぶつかる音が響く。

「はいっ！」

新入りのいい返事を聞いて、周囲にいた兵士たちから笑い声が上がった。

部隊長は自分の若かりし頃を思い出して笑みをこぼし、顔を上げた。

「いいか命令だ！　死ぬなよ！　もし死んだら地獄でもう一度おまえたちをぶち殺す。怖けりゃ笑え！　女神ソフィアに祈れ！　大聖女さまが来てくださった初日に死人が出たら縁起がわりい！気合いを入れろ！」

部隊長の大音声に、「おう！」と兵士たちが応えた。

新入り兵士も眉に力を入れてうなずく。

部隊長は頼もしく思うも、運が悪ければこいつは死ぬな、と経験則で感じた。

「来たぞ！」

防壁の外――暗がりの中から、じわじわと瘴気が染み出してきた。

瘴気は三種類に分かれる。

悪しき負の集合体である霧型、
霧型の瘴気が物体に乗り移る憑依(ひょうい)型、
瘴気が寄り集まって魔物となる魔物型だ。

退治する方法は聖なる力で浄化する、その一点に尽きる。

「霧型を街に入れるなよぉ！　弓隊は空中に気を配れ！」

部隊長が指さす方向に、聖水がたっぷり染み込んだ矢がびゅんびゅんと飛んでいく。

続いて防壁をよじ登る魔物が相次いで現れた。今夜は数が多いのか、あっという間に五メートルある壁を登られて乱戦になった。

「隊列を崩すな！　樹木の憑依型には魔石炭をお見舞いしてやれ！」

兵士たちの咆哮が響き、剣が魔物を切り裂く。魔石炭の光が爆ぜると命が燃えるような一瞬の輝きが生まれる。奇妙な剣戟の音と火花で彩られる舞台で、兵士と瘴気が入り乱れた。

「気を確かに持て！　俺たちには大聖女さまと聖女さまがついている！」

「おう！」

一瞬でも気は抜けない。

瘴気は人間にも憑依するのだ。

部隊長はロングソードを振りながら新入りのいる場所を見た。

「あいつ……」

新入りは無我夢中で剣を振り、瘴気を切り払っている。しかし、場所が悪い。防壁から落ちる寸前だ。背後から犬の形をした魔物が忍び寄っていることにも気づいていない。

「新入り！」

部隊長はロングソードを投擲した。

「──ギャアアァ！」

犬の魔物が貫かれ、断末魔の叫びを上げた。聖水のついた剣の効果は凄まじい。

部隊長は予備の剣を抜いて近場にあった聖水につけ、魔物を切り払って新入りの横についた。

新入りは放心していた。

「おい！　よく周りを見て戦え！　俺についてこい！」

「は、はい！」

　その後、小一時間ほど戦闘が続く。

　瘴気は疲れ知らずで、次から次へと現れる。完全なる消耗戦であった。

「隊長、いつまで続くのでしょうか？」

　戦闘中に新入りが聞いた。汗が止まらないのか、何度も袖で拭っている。

「夜明けまでだ」

「……」

「なぁに、いつものことだ。夜明けに食う飯はうめえぞ。これは飯を食うための運動だ。そうだろう？」

　部隊長が獰猛（どうもう）に笑って剣を振る。

　新入りも「――ですね」と、笑みを浮かべた。

　そのときだった。甲高い笛の音が鳴った。

「三時の方向より巨大魔物型接近！　繰り返す。三時の方向より巨大魔物型接近！」

　部隊長はすぐさま暗がりへ視線を向けた。

　巨大な影が静かにこちらへ向かってきている。防壁と同等の大きさだ。

　彼は舌打ちをして防壁を走り、街側で待機している伝令兵へ叫んだ。

「聖女さまを呼べ！　今すぐだ！　大型が来てやがる！」

「聖女エカテリーナさま、聖女タチアナさまは北門と南門で浄化作業中です！　当分移動できません！」

現状、イクセンダールの防衛は人員をどうにかやりくりしてのローテーションで行われている。聖女たちは日の出ているうちに周囲を浄化して、夜の瘴気発生を抑えていた。当直の聖女は二人しかいない。

「聖魔法でないとアレは倒せん！　教会へ走れ！　緊急事態だと伝えろ！」

「承知！」

部隊長は伝令が走る後ろ姿を見届け、奥歯を嚙み締めた。

メフィスト星教の聖職者もよくやってくれている。ここまで街を防衛できているのは彼らのおかげだ。だが、タイミングがあまりにも悪かった。大聖女が到着したため、教会内で人事異動が行われ、慌ただしくなっている。今日動ける人間は少ない。

「大聖女の到着に合わせたような大物の襲撃じゃねえか……」

「隊長……」

新入りも巨大な影を目視したのか、顔を蒼白にした。

「おまえは引け。死ぬには若すぎる」

部隊長が言うと、新入りは頭を振った。

「自分は……村を失いました……だから、奴らに一矢報いたいです……！」

「おまえも訳ありか……いいだろう。だが、なるべく死ぬな。生きてりゃ聖女さまが傷を治してくださる」

「はい！」

周囲にいた兵士たちも二人の会話に呼応するように、剣を構える。

「とうとう俺もくたばるときが来たか」

部隊長が先制して巨大な魔物へ一撃を食らわせてやろうと防壁のへりに足をかけた、そのときだった。

まばゆい光が背後で煌めいた。

「――――ッ！」

無数の星屑が躍るように宙を舞い、半透明の魔法障壁が街の内側から外側へと広がっていく。

その魔法障壁は防壁をぴたりと覆うようにして、半球状に辺境都市イクセンダールを包み込んだ。

部隊長は驚きのあまり、空を見上げた。

シャラシャラと音を立てて星屑が集合していき、小さな少女の形になる。さらに星屑の少女が指から浄化魔法を撃ち始めた。

バァン、とそこかしこで破裂音がし、魔物の断末魔の叫びと星屑のこすれる音が響く。

「こ、こいつはなんだ……こいつはなんなんだ！」

興奮のあまり部隊長はかぶっていた兜(かぶと)を放り投げて、両手を広げた。

巨大魔物が連続浄化魔法を浴びて「ギャギャギャギャギャ」と奇っ怪な声を上げながら蒸発していく。街に迫っていた無数の瘴気は魔法障壁にぶつかって一秒で霧散した。気づけば、あたり一面が星屑の海だ。

兵士たちは棒立ちになり、呆けたように星屑が集合してできた少女を見つめる。小さな人形のようだ。新入りもぽかんと口を開けて尋常でない聖魔法に目を奪われていた。

「報告！　部隊長に報告ぅ！　部隊長はおられるか！」

伝令兵が防壁の下から呼んでいる。

部隊長はあわてて反転し、防壁に両手を載せて身を乗り出した。

「どうした！」

伝令兵は嬉しさを爆発させた様子で大声を上げた。

「教会に伝令したところ、大聖女ヒルネさまが即座に聖魔法を使ってくださいました……イクセンダールを丸ごと守ります、とのことです！」

「……ッ！」

部隊長の胸に、熱く、言いようのない気持ちが込み上げた。喉が締め付けられるような、それでいて妙に心地のいい熱が全身を駆け巡る。

「大聖女さま……やってくれるぜ……！」

無性に叫びたい気分だ。

部隊長は口角が上がるのを止められない。

「大聖女ヒルネさまより部隊長へ伝令です！」

「な、なに⁈　大聖女さまから俺に伝令だと⁉」

「はい！　今から言うことは必ず守るように、とのことです！」

伝令兵はまるで自分の手柄のように、胸を張った。

「原文そのままでお伝えいたします！　部隊長さまは今夜はベッドで眠ってください。十一時に就寝です。私も寝ます——大聖女ヒルネさまの伝令、以上であります！」

「ベッドで……十一時に……」

部隊長は言葉の意味を噛み締め、防壁の上を眺めた。

先ほどまでの乱戦が嘘（うそ）のように、兵士たちは武器を下ろし、肩を組んで拳をあげている。瘴気と魔物は大聖女の魔法障壁に阻まれ、蒸発していた。小さな星屑の人形が大物を浄化している。

気づけば、防壁周囲に魔物と瘴気はいなくなっていた。

「もう……闘わなくていいのか……？」

「で、あります！　見てください！　こんな結界魔法、見たことがありませんっ！」

「は、ははは……こんなことが起きるなんてなぁ……」

「はい！　大聖女ヒルネさまには感謝してもしきれません！」

部隊長は涙が落ちそうになり、ごまかすようにして口を開いた。

「そういやおまえ、最近結婚したんだよな？　嫁のところへ帰りたいだろう？」

「はい。妻も喜ぶと思います！」

「はっ、いいことだ」

部隊長は伝令兵の嬉しそうな顔つきを見て、ふっと笑みをこぼした。

「各部隊に伝えてくれ。東門は見張りの兵士のみを残して撤収する。大聖女さまが守ると言ったら守ってくださるだろう」

「承知！　伝令繰り返します。部隊長カルロス殿は十一時就寝、その他部隊は見張り兵を残して撤収！　内容に間違えがなければ、伝令してまいります！」

伝令兵が胸を張って大声を出す。

部隊長カルロスは両手を上げて降参のポーズを取ると、ぞんざいにうなずいた。

「わかったよ。大聖女さま直々の指示じゃあ断れん。いいぞ、それで伝令してくれ」

「承知！」

伝令兵が敬礼して颯爽（さっそう）と駆けていく。

部隊長カルロスは夜空を見上げた。

半透明の魔法障壁がわずかな光彩を放っている。

この光を自分がどれだけ熱望していたのか……脳裏に死んでいった仲間たちの顔が浮かんでは消えていく。

「……今夜は興奮して眠れそうもねえな」

部隊長カルロスは袖で乱暴に目元を拭い、つぶやいた。

周囲からは兵士たちの歓声が上がっている。

放り投げた兜を拾おうとすると、星屑の集合体で形成された少女がふよふよと飛んできて兜の上に寝転んだ。人間くさい動作で大きなあくびをし、星屑の鼻提灯（はなちょうちん）を作ってぐうぐうと眠り始めた。

星屑の小さな少女にはなまけものもいるらしい。

部隊長カルロスはそれを見て、笑みがこぼれた。

「居眠り大聖女……どうやら噂は本当らしい」

彼は寝ている星屑を起こさないように、そっと兜を持ち上げた。

12.

初日の夜、女神像を起点にして結界魔法を使ったヒルネは、星屑の残滓(ざんし)をキラキラさせながら眠っていた。

朝になると自動停止する設定にしておいた結界だ。

今は起動していない。

――チュンチュン
南方地域に生息する赤い小鳥が大教会の外で鳴いている。

くずれかけの大教会には朝日がこぼれ、大きなベッドにも光が落ちていた。

即席のパーテーションがいくつも置かれて、レースで区切られている。一日かけて、どうにか大聖女の部屋の体裁を作った形だ。

「……気持ちよさそうに寝てらっしゃる……」

先に起きていたジャンヌは朝のメイドの仕事を終えて、眠っているヒルネの顔を覗き込んだ。

特注の敷布団に、相棒と呼んでいるちょっと古めかしい掛け布団。

長い金髪が朝日で輝いていた。

「んん……むにゃ……」

光が眩(まぶ)しいのか、ヒルネが寝苦しそうに寝返りを打った。

ジャンヌは愛らしい仕草にくすくすと笑い、ほっぺたをつついた。

むにむにと柔らかい弾力に思わず笑みがこぼれてしまう。

この小さな身体で辺境都市全体を防御する結界を作ったとは思えない。

結界魔法の起点に使われた女神像も、なんだか嬉しそうにヒルネを見下ろしていた。

「ヒルネさま……ヒルネさま……」

専属メイドの特権を終わらせて、ジャンヌが静かにヒルネを揺り動かした。

「……ん」

「ヒルネさま、朝ですよ。お祈りの時間です」

「んん……？　ジャンヌ～」

ヒルネがうっすらと目を開けて、ベッドの脇に立っているジャンヌの腰に抱きついた。

引き寄せられて「あっ」と声を上げるジャンヌ。

「あと三十分……ぐう……」

大聖女は抱きついた状態で即座に寝てしまった。

「ヒルネさま？　ほら、朝のお祈りと朝食が待ってますよ。焼きたてのパンもありますよ。ヒルネさまの結界のおかげで市民は大喜びです。たくさんの寄付がされていますよ」

「……にゃにがあるのぉ……？」

　現金な大聖女は目をこする。

「特産品のチーズ、今が旬のグレープナシ、その他にも色々と……」

「お布団はぁ？」

「お布団の寄付は残念ながらありませんでした……」

「おーまいがー……ぐう……」

　ショックだったのか、力なくジャンヌから手を離してベッドの縁からだらりと腕を投げ出し、再び寝息を立て始めてしまった。

「おーまいがー？　ほら、ヒルネさま、そろそろ起きないとお祈りの時間に間に合いませんよぉ」

　ジャンヌは「よいしょよいしょ」と言いながらヒルネの上半身をベッドに戻し、お好み焼きのごとくひっくり返して、熟練者の手付きで相棒を剝ぎ取った。本気を出し始めたらしい。

「ああ、相棒っ。相棒っ」

　寒くなってヒルネが目を開けた。

　ここぞ、とジャンヌがヒルネの両手を取って起き上がらせ、そのまま脇に手を入れてベッドから引きずり出して、直立させた。

「ねむい～」

　力が入っていないので、ヒルネの身体はこんにゃくみたいにぐにゃぐにゃしている。

ジャンヌはヒルネを抱きしめて椅子へと移動させ、そっと座らせた。

「はい、髪を整えますね」

「……うむ」

眠すぎて、うんがうむになっている。

ジャンヌは笑みを浮かべてぐらぐらする頭を押さえながら、髪を丁寧に整えていった。

○

二十分ほどでようやく覚醒したヒルネが、「ふあぁぁっ」とあくびを漏らし、寝間着の袖で目をこすった。

「ジャンヌ、おはようございます」

「おはようございます、ヒルネさま。立てますか」

「はい、どうぞ」

「失礼いたします」

勝手知ったるといった呼吸でヒルネが万歳のポーズをし、ジャンヌが手早く大聖女服へと着替えさせていく。

（ううん……ジャンヌの手さばきが早い……プロだねぇ……ありがたや）

ものの十分ほどで完了して、ヒルネは大教会を出た。

「今日もいい天気ですね」

「はい。南方はこの時期雨は降りませんよ」

「そうなんですね」

「はい」

ヒルネは広がる芝生を眺め、ゆっくりと丘の下にある教会へ歩いた。

さくさくと芝生を踏む音がして、ぴょんとバッタらしき昆虫が跳ぶ。

「平和ですねぇ……お昼寝がしたくなります」

「まだ朝ですよ、ヒルネさま」

「お祈りが終わって朝ご飯を食べたら、今日はお昼寝にしましょうか。芝生に布を敷いて、その上に敷布団を敷いて、相棒でお昼寝です」

（だらだらタイムのスタートだね）

ヒルネはめくるめく昼寝ライフを妄想してにやけた。

だが自分が大聖女であることをすっかり忘れている。

ジャンヌは微笑みながら、こてりと首をかしげた。

「それは素晴らしい提案ですけれど、今日はお祈りが終わったあと、南方に赴任している聖女さまとの顔合わせ、イクセンダールの商業地区への巡回、貴族院での聖書朗読、大広場での聖句詠唱がございます。余った時間は大教会を改築する職人の方々との顔合わせにも参加していただきます」

「……」

ジャンヌの早口にヒルネはそのまま芝生に転がった。

急に倒れたヒルネを見て、ジャンヌが「ヒルネさま」と声を上げた。

「なんでしょう。突然身体の具合が悪くなってきました。むむっ、これはいけません、立ち上がれない病ですね」

ヒルネはごろごろと芝生に転がり、仰向けになった。

「ヒルネさまこんなところで寝ないでください！」

あわあわとジャンヌがあわててヒルネを起こそうと手を伸ばす。

しかしこの大聖女は逃げ出すつもりであった。

「私は大地です。生きとし生けるものとともに生きております」

「それっぽいこと言って目を閉じないでくださいっ。ああっ！　聖魔法で逃げないで！　ヒルネさまぁ！」

ヒルネは聖魔法を使って星屑で自分の身体を持ち上げ、空飛ぶ絨毯(じゅうたん)のように低空飛行で逃げ始めた。

「さらばです、ジャンヌ。また逢(あ)う日まで――」

キラキラと星屑の絨毯に乗って飛んでいくヒルネ。

金髪美少女が星屑の絨毯に乗っている様子は幻想的であるが、いかんせん業務から逃げ出そうとしているところがまぬけであった。昨晩の結界でメフィスト星教への信仰を深めた市民たちに見せられたものではない。

「ヒ――ル――ネ――さ――まぁ――ッ！」

ジャンヌが猛ダッシュで追いかける。

数分の鬼ごっこの末、ジャンヌがダイビングキャッチでヒルネの身柄を確保した。

「捕まえました！　連行いたします！」

「無罪です！　私は無罪ですぅぅ！」

「ダーメですよ。さ、行きましょうね？」

「私は大地なのですっ。行くとか行かないとかではないんです！」

「よくわかりませんよ、ヒルネさま」

がっちりとジャンヌに手を握られて、ヒルネはずるずると芝生の丘を引きずられる。

「ああぁっ、こんなはずでは っ。大教会が修繕されていないのが原因ですね?!　私の教会になれば私がルールになるはずですっ」

「きっとそうですね、ヒルネさま」

ジャンヌは笑いながらヒルネを引っ張り、丘の下にある教会へと向かった。

「ううっ……大教会の完成を急がねばなりません」

（急務だよ、急務。のんびりライフを過ごすために……！）

「さ、ヒルネさま。お一人でしっかり立ってください」

教会前に到着するとジャンヌが手を離して一礼した。

掃除していたメイドたちがヒルネとジャンヌに気づいて、「おはようございます、大聖女ヒルネさま」と深々一礼する。

観念してヒルネは背筋を伸ばし、礼拝堂へと足を向けた。

「皆さま、おはようございます」

こうして辺境都市イクセンダール、赴任二日目がスタートした。

13.

辺境都市イクセンダールに来て二日目の朝――。

ヒルネは食堂で朝食を食べている。

（むう……質素なご飯だよ。お芋に野菜がちょんちょんと載っているだけ……スープは味がめちゃ薄い。これは食料事情も改善しないといけないなぁ。朝からパンなしってことは小麦も少ないみたいだし……）

むーんと唸りながら、長いまつ毛を伏せてスプーンを動かすヒルネ。

ジャンヌが後ろで給仕をしてくれている。

食堂を使っている一般聖職者たちがヒルネの神々しい姿を見て、聖印を切っていた。

大聖女の立場であるのに、皆と一緒に食事をする姿勢にも感動しているようだ。

（小麦が少ないんじゃあ、ピピィさんのパン屋さんも開店が難しくなりそうだよ。お腹ぽんぽんに食べて寝たいなぁ……）

ヒルネは美味しいものをたくさん食べて寝る自分を夢想した。

考えるだけで幸せな気持ちになれる。

「ハァ……」

ため息をついて食堂の天井を見上げ、苺パンやまだ見ぬ食材を妄想した。

ついでにふかふかの布団と枕も想像する。

「ヒルネさま……」「あのお歳(とし)で世界を憂いておられる」「我々も精進せねば……」

いささか勘違いしている聖職者たちが、何度も聖印を切り、食事もほどほどに業務へと戻っていった。彼らがヒルネの頭の中を覗いたらずっこけそうである。何にせよ、やる気が出たのは素晴らしいことだった。

「ジャンヌ」

「なんでしょう、ヒルネさま」

水をコップに注いでいたジャンヌが顔を上げた。

「南方地域の食料事情はどうなのでしょう？」

「瘴気のせいであまりよくないみたいです。土地も汚染されているので、聖女さまが少しずつ浄化して、土地を拡大しているとのことです」

「そうですか。それは私も手伝わねばなりませんね」

「ヒルネさまがやる気に……！」

ジャンヌが感動したように両手を組んだ。

「ヒルネさまがお力を貸してくだされば、南方はもっとよくなると思います」

「そうでしょうか？」

「はい！　昨日の結界も、市民全員が喜んでいたみたいですよ。なんでも、ヒルネさまが着任した日を記念日にして毎年お祭りをやることになったそうです」

「それは大げさですね……私の力は女神さまからお借りしたものですのに」

ヒルネは美しい女神ソフィアの相貌を思い出した。

広大な街全体に結界を張ってもまだ余力があるのは、女神の作ったボディのおかげだろう。

大聖女になってから、より聖魔法の精度が上がった気がする。

「そういえばホリーはいないのですか？」

ヒルネが食堂を見回した。

広い食堂に、水色の髪の少女はいない。

「ホリーさまは朝から瘴気を払いにお出かけになりました。ワンダさまと相談し、畑や農地に力を入れるそうです」

「まあ、ホリーらしいですね」

「パンが食べられないのは困りますし、ホリーさまは市民みんなで美味しいものが食べたいと仰っていましたから」

「本当に優しい子です。ホリー大好きです」

「ふふっ、その言葉、ご本人に言ってあげてください」

「そうですね。そうします」

ヒルネはこくりとうなずき、食事を再開すべくスープへ視線を戻した。

そこでまた顔を上げ、ジャンヌを見つめた。

「もちろん、ジャンヌも大好きです」

ヒルネは曇りのない瞳をジャンヌへ向けた。

ジャンヌはいきなり言われたので頬を赤くし、メイドエプロンを握りしめて顔を伏せた。

「あ……ありがとうございます。その、私もです……ヒルネさま」

「ジャンヌが一緒にいてくれて、私は幸せです」

ヒルネはしみじみと言い、笑みを浮かべた。

○

朝食後、礼拝堂での祈り（居眠り）を終わらせ、南方に赴任している聖女との顔合わせをした。

聖女たちはヒルネを受け入れ、称賛した。

街全体を覆う、広域結界を展開できる聖女はいない。

夜の巡回がなくなれば、空いた時間を別の仕事に充てることができると喜んでいた。

次は兵士たちと一緒にイクセンダールの商業地区への巡回、貴族院での聖書朗読を三十分、さらに大広場での聖句詠唱——。スケジュールどおりにこなしていく。

大広場にはほぼ全市民が集まって兵士や聖職者が大変そうであったが、ヒルネが詠唱を始めると嘘みたいに静かになった。

「——すべての者に祝福あれ」

長い聖句を詠唱し、持たされていた杖(つえ)を振ると、大広場にキラキラと星屑が降り注いだ。

拍手は鳴り止まず、人々は皆笑顔になった。

そんなこんなで多忙な一日を半分消化し、どうしてもと駄々をこねて三十分の昼寝をしてから、大教会を改築する職人との顔合わせとなった。

ヒルネはジャンヌに起こされ、仕方なく相棒からもそもそと這い出た。

「ではジャンヌ、行きましょう」

ヒルネは自然な足運びで人をダメにする椅子にもさりと座り、両腕をだらんと外側に出して全身をあずけた。だらしないことこの上ない。

「このまま行きましょう」

「流れるような動きでダメ椅子に座らないください」

ジャンヌは最近ダメ椅子と略して呼ぶ。

「いいではないですか。押していってください」

「そんなことできませんよ」

「どのようなスタイルで働くかは労働者の自由ですよ、ジャンヌ。これで効率が上がれば私も嬉しい、向こうも嬉しい。お互いに利のある関係です。ええ」

ジャンヌはそうかもしれないと一瞬思い、ヒルネの背中を押そうと手を添えたが、やはり違うよねと顔を上げた。

「ダメに決まってるじゃないですか。それっぽいことを言って煙に巻こうとしないでください」

「残念でした。私はもう椅子です。ダメ椅子なのです。ほら見てくださいこの一体感を……！」

「ヒルネさまとダメ椅子が一心同体に見えます！」

「でしょう？　さ、ジャンヌ、このまま行きましょう」

「でも引っ張っちゃいます」

「あ、あ、ジャンヌ！　やめてください――あああっ、二足歩行になってしまいました」

ヒルネはジャンヌに両手を引っ張られて立ち上がった。

「立ってるのつらみ。ねむみ」

「シャキッとしてください。お水を飲んで、ほら」

「はい」

ヒルネはコップを手渡され、水を飲んだ。

ジャンヌが日に日に用意周到になっている。

「ぷはぁ。お水、うまし」

「よくできました。では皆さまがお待ちです。参りましょうね？」

くりっとしたジャンヌの瞳に見つめられると、イヤとは言えなかった。

「ジャンヌの頼みなら仕方ありませんね」

ヒルネはジャンヌに大聖女服を綺麗に整えてもらい、部屋から出て廊下を進んだ。

すれ違う聖職者やメイドが嬉しそうに聖印を切って一礼する。

ヒルネは意識していないが、一晩でイクセンダールの中心人物になっていた。

「あちらでお待ちです」

教会前の広場には、大勢の人がずらりと並んでいた。

大工らしき道具を持った集団から、お針子さんの女性たち、外壁を塗装する職人、建築士、家具屋、石職人、その他様々な職人が集結している。ざっと見ただけでも百人ほどいた。教育係のワンダと、司祭も数名いる。

「ワンダさまが指揮をとって、これでも十分の一まで減らしていただいたんです。こちらにいるのは代表者の皆さまです」

職人たちはヒルネが教会から現れると、まるで子どものように目を輝かせてヒルネを見つめた。

(こんなに集まってくれたのか。ありがたいね……。大教会のためにも気合いを入れないとね)

ヒルネは皆の前に立って、ゆっくりと聖印を切った。

眠くてちょっと動作が遅い。

ヒルネが聖印を切り始めると、皆が一斉に神妙な顔つきになった。

「皆さん、本日はお集まりいただき誠にありがとうございます。あちらをご覧ください」

ヒルネは崩れた大教会へ手を向けた。皆も顔を向ける。

「大教会が復活すれば、きっとこの地に平和が訪れます。市民の皆さまの心も安らぐことでしょう。かつてこの街に大教会があり、大聖女がいた、そのときの平和を取り戻しましょう」

（そしてみんなでお昼寝をするホワイトな街にしましょう）

ヒルネは心の中でそう付け加えて、集まった職人たちを見つめた。

全員がやる気を全身にみなぎらせてこくこくとうなずいている。

どうやら簡単な演説は成功らしい。

「では、左の方から簡単な自己紹介をお願いいたします」

ジャンヌが言うと、一人ずつ職業と名前を言っていく。

（覚えられない……あ、トーマスさん）

寝具店ヴァルハラのトーマスもいる。ヒルネにとって超重要人物だ。

一通り名乗りが終わると、監督していたワンダが前へ出た。

「大教会の改築にあたって問題が山積みです。まずは物資が大いに不足しております。石職人のポンペイさまより発言がございます」

紹介されたポンペイという老人が、一歩前へ出た。

背は低いが腕が太い。右腕のほうが太いのはハンマーを振り続けたからだろうか。

偏屈そうな頑固ジジイといった印象を受ける、白い髭(ひげ)と、落(お)ち窪(くぼ)んだ目が特徴的であった。

「西にある採石場。大聖女さまの大教会にはあそこの聖水晶(セントクォーツ)を使いたい」

ポンペイのしゃがれ声が広場に響く。

（聖水晶（セントクォーツ）？　なんだかファンタジーな石っぽいけど……）

ヒルネが想像していると、ポンペイの横にいた黒髭の中年が手を挙げた。

「石職人バルディックさま。どうぞ」

ワンダが手を差し伸べ、大男のバルディックが髭をなでつけながら、むっつり不機嫌な顔つきでしゃべり始めた。

「西の採石場は瘴気による汚染が進みすぎている。大聖女さまが同行してくださるとしても危険だ。聖水晶（セントクォーツ）ではなく、南西に散らばる十字石（スタウロス）を中心にして外壁を組む方法を提案する」

「大聖女さまの大教会は聖水晶（セントクォーツ）を使う。死ぬのが怖いなら貴様んとこの連中は採石場に来なくていい。俺たちだけでやる」

「ふざけたことを抜かすなポンペイジジイ。ムリだからムリだと言ってるんだ。大聖女さまの前で死ぬとか言うな」

「ダメだ。先々代は大教会の外壁をすべて聖水晶（セントクォーツ）にしなかったことを後悔している。大聖女ヒルネさまにふさわしい大教会にする。普通の石じゃ話にならん」

「じゃあどうやって採石するってんだ」

「死ぬ気で削る。それだけだ」

「ジジイ！　聞く耳を持て！」

石職人ポンペイとバルディックが言い合いを始めてしまった。

ワンダが何度か咳払いをして、ようやく二人は静かになった。だが、まだ睨み合っている。

集まっている人たちはハラハラした様子で見ていた。

約一名だけ、ぼんやりした顔で別のことを考えていた。

（聖水晶（セントクォーツ）と十字石（スタウロス）。どんな石なんだろう）

ヒルネが手を挙げた。

一斉に皆がヒルネを見つめる。

「大聖女ヒルネ、どうぞ」

ワンダが平等にヒルネを扱い、手を差し伸べた。

「聖水晶（セントクォーツ）と十字石（スタウロス）とはどのような石なのでしょう？」

ポンペイが口を開く前に、バルディックが機先を制した。

「十字石（スタウロス）は硬くて頑丈な鉱石で、微弱ながら聖なる力を秘めております。他の石材と組み合わせて使うと強度が増し、聖なる加護もつくので瘴気が寄りつかなくなります。見た目も非常に美しいです」

「なるほど。ポンペイさま、聖水晶（セントクォーツ）はどのような石ですか」

ヒルネの眠たげな目が頑固ジジイへと向けられる。

ポンペイはしゃがれ声でこう言った。

「聖水晶（セントクォーツ）は虹色の光彩を放ち、魔力を溜（た）め、夏は涼しく、冬は暖かい。最高級の石材だ」

ヒルネはくわと両目を見開いた。

14.

ヒルネは聖水晶（セントクォーツ）の説明を聞いて、眠たげな目を大きく開いた。

（夏は涼しくて冬はあったかい！　床にも聖水晶（セントクォーツ）を使えば最強の床暖房になるよね?!　私の大教会に絶対必要な石だよ！）

快適な部屋でごろごろしている自分を夢想した。

ジャンヌに膝枕で耳かきをしてもらい、日がな一日昼寝ざんまい。お腹が空いたらホリーを誘って苺パンを食べ、食休みに日向（ひなた）ぼっこ。その日の気分で枕を変える贅沢（ぜいたく）な日々――。

まだ見ぬ未来の大教会を想像して、次第にまぶたがとろんと下がってくるヒルネ。

（あぁ～、のんびりしたい欲が止まらない。転生してからサボりぐせが抜けないよね……）

ヒルネの思考は女神さまの微笑みへと飛び、さらにさかのぼって前世へと移った。

（前住んでた家はひどかったなぁ……。家賃三万、エアコンなし、窓からすきま風、隣の会話が丸聞こえ……。夏は暑くて冬は寒かったし……）

前世で自分が住んでいた安普請のアパートを思い出して、ヒルネは遠い目をし、空を見上げた。

「大聖女ヒルネさま……？」

突然空気の変わった大聖女を見て、皆が息を飲んだ。

白髭のポンペイじいさんと、黒髭の屈強なおっさん、バルディックは自分たちが言い争いを始めて不興を買ってしまったのかと、固唾をのんでヒルネを見つめている。

(ううん……考えてたらまた眠くなってきた……)

眠気が襲ってきて、ヒルネは何度もまばたきをした。

じっと見ていたワンダが「おほん」と咳払いをして、ヒルネはこれはいけないと目を開けた。

「聖水晶(セントクォーツ)の採石場はここから何時間ぐらいですか?」

ぽつりとヒルネが言ったので、ポンペイがしゃがれ声で即座に答えた。

「馬で三時間だ」

ぶっきらぼうな言い方だが、ヒルネへの敬意が込められていた。

(ああ、そんなに遠くないんだね。それならすぐに行って浄化して、大教会の改築に着工してもらえるね……)

ここまで考え、ヒルネはとあることを思った。

(でも私の家だけ豪華な聖水晶(セントクォーツ)だと、あの大聖女は私腹を肥やしてる、とか言われそうだよね……。みんなも同じように聖水晶(セントクォーツ)を使えたほうがいいんじゃないかな?)

「ポンペイさま。質問があります」

「なんだ?」

「聖水晶(セントクォーツ)は大教会だけでなく、皆さんの家にも行き渡りますか?」

「……採石してみないとわからん。なぜ、そんなことを聞く?」

「私の住む大教会だけ聖水晶（セントクォーツ）を使うのはどうかと思いまして。市民の皆さまにもぜひ使っていただきたいのです」

この発言にはポンペイ、バルディック、他の職人たちが感銘を受け、丁寧に聖印を切って頭を垂れた。ジャンヌはヒルネの心意気に感動して、今にも拍手しそうである。

「皆さま？」

ヒルネが首をかしげると、ポンペイがしゃがれ声で言った。

「聖水晶（セントクォーツ）は大聖女さまにのみふさわしい」

隣にいた屈強な黒髭、バルディックが口を開いた。

「俺もポンペイジジイに賛成だ」

「なんだぁ？　聖水晶（セントクォーツ）は使わんのじゃなかったのか？」

ポンペイがバルディックを睨む。

「ちげえよ。西の採石場がとんでもない瘴気まみれだからあぶねえって話だ。それに、大聖女さまのお言葉で気持ちが変わった」

バルディックが西の方角を見た。

「もし浄化が可能なら、聖水晶（セントクォーツ）と十字石（スタウロス）両方を採石したらいい。そんで、十字石（スタウロス）を一般向けに流通させるのがいいだろうよ」

「ああ？　西の採石場に聖水晶（セントクォーツ）と十字石（スタウロス）が埋まってるのか？」

「前に十字石（スタウロス）の鉱石を見たとうちの弟子が言ってたんだよ。山のような十字石（スタウロス）だ。加工しやすくて、重量も聖水晶(セントクォーツ)に比べりゃあ軽い。聖なる加護も付いてくる。みんなほしがるにちげえねえ」

（おお、両方採れるのは好都合だね。しかも十字石(スタウロス)はみんなほしがって流通しやすいと。これはいい提案。十字石(スタウロス)をみんなが使えば、大聖女だけズルいぞぉ！　って指を差されずに済みそう……。筋肉むきむきだけど頭いいね、この人）

ヒルネは、みんながやれば怒られない、の精神だ。

無骨な職人っぽいバルディックを見て、うなずいた。

「西の採石場に行けば両方が採れるのですね？」

「そうですぜ」

「では、私が採石場を浄化いたします。善は急げ。準備ができたら出発いたします」

「ありがとうございます！　これで街に資材が流れますぜ！」

「感謝する……」

バルディック、ポンペイが深々と一礼した。

無骨な二人であったが、ヒルネは大きな感謝の気持ちを感じて笑みを浮かべた。

その後、心配そうな目で見ていたワンダが場を取り仕切り、明朝、西の採石場へ行く手はずとなった。

○

翌朝。

ジャンヌにベッドから引きずり出されて、ヒルネは教会の広場へと向かった。

（眠いけど快眠石のためだ……頑張ろう……）

「ふあぁぁぁっ……あっふ……」

眠気で頭が働いていないらしい。

あと、高級資材の聖水晶（セントクォーツ）を快眠石と勝手に改名している。

広場には馬に乗った兵士たちと、石職人のポンペイとバルディックがいた。二人も馬に乗っている。ヒルネの移動は馬車を使うようだ。

「遅いじゃないの。時間ぎりぎりよ」

同行するホリーは先に来ていたのか、聖女服を隙なく着こなしてワンダと一緒に待っていた。

「あなたが最後じゃない。まったく……大聖女としての自覚が足りないわよ」

「ホリー、おはようございます」

「おはよう。ほらほら、早く皆さんに挨拶しなさいよ」

小言を言いながらヒルネに早足で近づき、隣を歩く。

ワンダとジャンヌは仲のいい聖女と大聖女を微笑ましく見ていた。

「皆さま、お待たせいたしました」

ヒルネがあくびを噛み殺しながら言うと、兵士を統率している部隊長が馬からひらりと降りた。

顔に大きな傷跡がある四十代前半の男性だ。

歴戦の戦士といった風貌である。

（顔の傷……すごく深いね。何に切られたらこうなるんだろう）

彼の頬に走る、太い稲妻のような痕を見て、ヒルネは瘴気との戦いの過酷さを想像した。

「東門を担当しております部隊長カルロスと申します。此度の遠征に志願いたしました」

部隊長カルロスはヒルネの結界によって夜間の街が守られるため、時間に余裕が生まれていた。

こうして兵士を自由に動かすことができ、彼は生き生きとしている。

（カルロス……カルロス……聞いたことのある名前だね）

ヒルネは眠たげな目でじっとカルロスを見つめ、思い出した。

「あ——伝令さまに伝言をした部隊長さまですね？」

「はっ！　ご記憶いただいており、光栄です！」

カルロスは感無量といった様子で敬礼した。

「あの夜は十一時に就寝できましたか？」

「普段から夜勤ばかりのため、あまり寝付けませんでした」

カルロスが苦笑いしつつ、正直に答える。

「それはいけません。今後も十一時就寝でお願いしますね？」

（昼夜逆転は身体によくないからね……私は知ってるよ）

「承知いたしました」

「寝る前にお酒を飲んだり、煙草を吸ったりしてはいけませんよ。寝付きが悪くなります。きちんと身体を拭いて、寝間着に着替えて寝てください。寝るときはちょっとだけ幸せなことを考えると寝付きがよくなります」

十歳の少女に四十歳のおっさんが早く寝なさいと言われている光景はシュールであったが、笑う者は誰もいなかった。イクセンダールの夜が安全になった証拠であるため、兵士たちは大聖女ヒルネを見て誇らしげな笑みを浮かべている。

「例えばですね……お腹いっぱいにパンを食べてる自分を想像するとか、そういったことを考えながら寝るんです。あとは、洗いたてのシーツと使い慣れた枕がベストですね……。なんだか話していたら……あっふ……すみません。眠くなってきました」

居眠り大聖女の発言に、皆が笑った。ワンダとホリーはやれやれと苦笑いをしている。

「了解であります」

カルロスはヒルネの目を見て、爽やかな笑顔でうなずいた。

新しい時代が始まる――。

彼の胸にはそんな希望がふくらんでいた。

「西の採石場への案内と警護は我らにおまかせください。どうぞ馬車へ――」

ニヒルな笑みを浮かべ、部隊長カルロスがヒルネを促した。

「ありがとうございます」

ヒルネは一礼して、ジャンヌ、ホリー、ワンダとともに馬車へ乗り込んだ。

15.

三時間半をかけて一行は西の採石場に到着した。

（禍々しい空気だよ……）

出発時とは打って変わって一行は緊張したムードに包まれた。

採石場の手前で馬車を止め、兵士たち百名が迎撃陣形を作った。

「武器に聖水をつけろ！　いつ瘴気が襲ってくるかわからん！　大聖女さまと石職人を守れ！」

「了解！」

カルロスの指示が飛ぶ。

兵士たちが手早く陣地を作って、武器を構えた。

「ヒルネ、ホリー、無理のない範囲で浄化するように。私もこれほどとは思っておりませんでした。浄化しきれない場合は撤退します」

ワンダが馬車の窓から外を見て、視線を鋭くしてる。

元聖女である彼女も聖魔法の使い手だ。瘴気の多さを感じていた。

ホリーが真剣な顔つきでうなずいた。

「私は結界で皆さんを守ります。ヒルネは採石場の浄化をしてちょうだい」

「わかりました」

外の準備が整うと「お願いします」との声がかかり、ヒルネ、ジャンヌ、ホリー、ワンダが馬車から出た。

「ヒルネさま、すごい瘴気です。大丈夫でしょうか……？」

ジャンヌが心配して両手を胸に当てる。

「――」

ホリーは陣地に結界を張るべく聖句の詠唱を始めた。

ヒルネは採石場を見て、目を細めた。

（これは……かなり汚染されてるね……。お風呂場を十年ぐらい放置してもこうはならないよ）

兵士たちの奥に見える採石場はごつごつした岩場で、一軒家ほどの石が不規則に重なっている。

あたり一帯を採石場と呼んでいるようだ。

（白っぽいキラキラした岩がある）

聖水晶（セントクォーツ）らしき美しい石がチラホラ見える。

それらにも瘴気がこびりついていた。

油で汚れた黒い液体のように、瘴気が採石場の石にくっつき、うねうねと蠢（うごめ）いている。

（ポンペイのおじいちゃんはここから気合いで石を切り出すつもりだったのかな……？）

ちらりと横を見ると、仏頂面の白髭じいさんが腕を組んで採石場を睨んでいた。

石職人にとって聖水晶（セントクォーツ）は大切な資材だ。この状況をよく思っていないらしい。

「快眠石を救い出しましょう。大教会のために――」

(そして石で作るのんびりマイハウス!)


気合いを入れたヒルネは腕を組んだ。

(まずは範囲を調べて、それから瘴気が逃げないように結界で蓋をしちゃおう)

ヒルネは瘴気を閉じ込めて、浄化魔法で一網打尽にする作戦を立てた。

前方にいる部隊長カルロスを呼び、馬に乗せてほしいとお願いした。

「馬に? どうしてですか?」

「瘴気の範囲を調べたいのです。馬に結界を張るので安心して走ってください。ワンダさま、いいでしょうか?」

「……いいでしょう。結界を忘れずに張りなさいね」

「ありがとうございます」

そのときホリーの詠唱が終わったのか、結界が陣地を覆うように展開された。

半球状の結界が皆を包む。

「ヒルネ、早く行ってきて。瘴気が今にもこっちに来そうだから」

ホリーが祈りのポーズで言った。

「わかりました。カルロスさん、どなたかにお願いしてよろしいですか?」

「では、私がお連れいたしましょう」

　カルロスは指揮を副隊長に任せ、戻ってきた。

「では、お願いします」

　ヒルネが両手を広げるとカルロスは一瞬躊躇（ちゅうちょ）したが、キラキラしている碧眼に見つめられていやとは言えず、ヒルネを馬上へと引き上げた。

（馬の上、高いね。カルロスさんに寄りかかって意外と居心地がいい。これは寝れそう）

「ヒルネさま、お気をつけて」

　ジャンヌが心配そうに言った。

「大丈夫ですよ。ほら――」

（お馬さんごと防御～）

　ヒルネが球体の結界を出して、カルロスと自分の乗る馬を守った。

「カルロスさん」

「承知――」

　カルロスはヒルネが落ちないよう位置を確認し、手綱を揺らした。

「しっかりつかまっていてください。はいやっ！」

「わかりましたっ」

　ヒルネとカルロスの乗る馬が颯爽と走り出した。

馬の蹄が大地を踏みしめる。

ヒルネは採石場をぐるりと一周した。

（馬すごい揺れる。これは寝れない）

そんなことを思いつつ、ヒルネは採石場から視線を離さない。

（瘴気が石に引き寄せられてるみたい……。聖魔法──魔力感知──）

聖魔法を両目に使って、魔力の流れを確認する。

瘴気が聖水晶からヒルのごとく、魔力をじわじわ吸い上げている様子が見て取れた。

（なるほど、聖水晶の魔力にひかれてるんだね。でもそれ私のお家の石。君にはやらんよ）

「ざっと半径一キロ、全体が瘴気まみれだな」

ヒルネの後ろで手綱を操っているカルロスが言った。

「ありがとうございます。だいたい把握しました。では、戻りましょう」

「了解」

カルロスが手綱を引き、陣地へと戻る。

時折、じゅわりと瘴気がぶつかって、ヒルネの作った結界に触れて蒸発した。

これにはカルロスが「すげえ聖魔法だ」と舌を巻いている。

「ホリーの結界でみんな無事のようですね」

「あの方も凄腕の聖女さまだ」

陣地を覆う結界に瘴気が襲いかかっているが、触れた先から蒸発していた。

まだまだ結界は持ちそうであった。

「では、このまま馬上で浄化魔法を使います」

「このまま？」

「はい。浄化まで時間がかかりそうなので、馬に乗ったままのほうが何かといいでしょう」

「承知した」

（ふふふ……馬に乗ったままならワンダさんにも怒られず、居眠りができる。なんて名案）

この大聖女、浄化中に寝たいだけだった。

そんなことは知らずにカルロスが手綱に力を込める。

ヒルネは聖句を脳内で詠唱して魔力を練り上げる。まずは結界魔法だ。

「――結界」

ヒルネがつぶやくと、星屑が飛び出して舞い躍る。

ヒルネの足元に魔法陣が浮かび上がって、採石場が半球状の結界魔法に包まれた。

「おお！」「大聖女さまが聖魔法をお使いになった！」

陣地からは声が上がり、ホリー、ジャンヌ、ワンダがヒルネを見る。

そこで魔法を使うの？　という顔だ。

（よし、成功。瘴気が逃げようとしてるけど無駄だよ）

膨大な魔力に気づいたのか、どろどろした瘴気が騒ぎ始めた。

とりもち弾のように結界魔法に飛びつき、結界の力に苦悶を感じているのか、激しくうねって蒸発していく。

(続けて——浄化魔法!)

ヒルネが手をかざすと、待ってましたと星屑がバラバラと噴き出して、結界内へ躍るように飛んでいく。

さながら星屑の波が採石場へ流れ込んでいるようだ。

「こいつぁすげえ……」

何人もの聖女を見てきたカルロスも、ヒルネの桁外れの聖魔法に舌を巻いた。

(うん、問題なさそうだね。私の分身も何人か出しておこう——)

ヒルネの自動浄化聖魔法である。

ワンダやホリーに言わせると、非常識な聖魔法らしい。

(それいけ)

指を向けると、星屑が集合してヒルネの姿を形取る。

ざっと十人ほどがふよふよと採石場へ飛んでいった。

「おお、あの日見た聖魔法か!」

カルロスが馬上で興奮する。

ミニヒルネは全員飛んでいったが、約一名、浮いたまま寝始めた。

「私が使っているからでしょうか。寝ている分身がいますね……」

「みたいですな」

ヒルネが唸り、カルロスが小さく笑った。

カルロスは手綱をゆっくり動かし、寝ているミニヒルネの下に馬の鼻先を持っていった。

ミニヒルネはふよふよと鼻先に下り、ごろりと寝転がって寝息を立てた。

ぶるる、と馬が鳴いて、静かに後退する。

採石場の結界内にはとめどなく星屑が流れ込み、ミニヒルネの浄化魔法がバァンと音を立てている。瘴気は巣に熱湯を入れられた昆虫のごとく、阿鼻叫喚(あびきょうかん)だ。

(小一時間はかかりそうだね。寝よう)

ヒルネは自分の背中とカルロスの革鎧(かわよろい)を聖魔法でくっつけた。

これで落ちることはない。

(うん……掛け布団……カルロスさんのマントでいいか……)

もぞもぞと馬上で動き、ヒルネはカルロスのマントを引き寄せて勝手にくるまった。

カルロスは気づいていない。

「これが大聖女の実力か……普通の聖女なら一日がかりで十分の一を浄化できるかどうかだぞ……」

(カルロスさんありがとう……もうお顔に大きな傷ができるような危険はないから……安心してください……)

ヒルネは初めて挨拶したときから、カルロスの顔にある大きな傷に、彼の勇姿を想像していた。

きっと何年も街を守ってきたのだろう。そんなことを考えてしまう。

「……すぅ……すぅ」

数秒でヒルネは寝息を立てた。

カルロスは、ヘドロのような瘴気が蒸発していく様子に釘付け(くぎづ)になっている。

ヒルネの張った結界内では星屑が弾け(はじ)、瘴気が蒸発し、全体の色味が黒から白へと変わっていく。

陣地にいる兵士たちからは歓声が上がっていた。

「ヒルネさま、この調子なら……ヒルネさま?」

カルロスはヒルネが寝ていることに気づいた。

マントにくるまり、口を開けている。長いまつ毛が影を作っていた。

よく見ると、ちょっとばかりよだれが垂れている。

「……大聖女も……普通の女の子だな」

カルロスは、もし自分が結婚していたなら、これぐらいの子どもがいたかもしれない――そんなことを思って笑みをこぼし、そっとヒルネのお腹へ両腕を回して落ちないよう配慮した。

「……私のきょうかい……むにゃ……」

完成した大教会を夢見ているのだろうか。

「いかん。任務中だ」

カルロスは表情を鋭くし、万が一に備えて周囲を警戒する。

彼もヒルネも気づいていなかった。

ヒルネの背中から星屑がこぼれ出て、カルロスに吸い込まれていた。聖魔法で身体をくっつけているせいかもしれない。

――ぶるる
馬が息を漏らした。

馬の鼻先にいるミニヒルネは両手両足を投げ出して、だらしないポーズで眠っていた。

16.

ヒルネはもこもこした巨大な羊の上で居眠りをしていた。

日向ぼっこにはちょうどいい日差しが気持ちいい。

（なんか揺れてる……地震？）

ぐらぐらと羊の毛が揺れて、視界がぼやけてくる。

「――ルネ――ヒルネ――起きて――起きなさい――」

ゆっくりまぶたを上げると、ぼんやりした視界に教育係ワンダの顔が映った。

（……むう、夢か。羊のもこもこほしいなぁ……この世界におっきな羊はいないのかな？）

「あ、ヒルネさま。目が覚めましたか？」

「ワンダさま、ジャンヌ。おはようございます……あっふ……」

ヒルネが大きなあくびをすると、ワンダとジャンヌがため息混じりに笑みをこぼした。

「あれ？　私、カルロスさんと寝ていたはずですけど？」

先ほどまではカルロスのマントを布団代わりにして馬上で眠っていた。

目を周囲へ向けると、簡易天幕の中だった。

薄い敷物(しきもの)の上に寝かされているらしい。

ヒルネが目をこすって身体を起こすと、ワンダがキリリと眉を引き締めた。

「あなたが馬上で眠っているうちに浄化は終わりましたよ。今、石職人の方々が聖水晶(セントクォーツ)を切り出していますす」

「そうだったんですね……ふあぁっ……」

「ヒルネ、素晴らしい聖魔法でした。あなたは私たちの誇りです。職人の皆さんも、これで仕事が増えると喜んでおいでです」

ワンダが小さな笑みを浮かべて、ヒルネの頭を撫(な)でた。

「ありがとうございます」

（うまく浄化できてよかった……）

ヒルネは大きな碧眼をくしゃりとつぶして、笑った。

なんだかんだ、みんなが喜んでくれるのは嬉しい。

ジャンヌもワンダの横で笑顔を作っている。

しかしそんなほんわかした空気は長く続かず、ワンダがまた眉を引き締めた。

「ですが……メフィスト星教の顔である大聖女が馬に乗って居眠りとは……しかも部隊長さまにご迷惑をおかけして……マントに大きな大きなよだれがついていましたよ……嘆かわしい」

ワンダがふうとため息をついて、じっと瞳を覗き込んでくる。

ヒルネは、これはアカンやつだ、と耳を塞いだ。

「あーあーあー、何も聞こえません。聞こえませんよ、ワンダさま」

「罰として千枚廊下の掃除です。私もこんなことは言いたくないのですが――」

「何も聞こえませ～ん」

子どものように耳を塞ぐ大聖女を見て、ジャンヌが苦笑いをし、手慣れた手付きでヒルネの脇腹をこちょこちょとくすぐった。

（ジャンヌ～！　ひ、ひどい……でもここで負けるわけには……！）

「くっ……ふっ……ふふっ……ふひひっ……！」

長い金髪を振り乱して必死に耐えるヒルネ。

だが熟練者の手付きであるジャンヌの両手には敵わず、両手を耳から離してしまった。

「ジャンヌゥゥゥゥッ！　ひゃめ！　ひゃめて～～～っ！　降参しますぅぅぅっ！」

池に落ちた芋虫みたいにヒルネは身をよじらせた。

ジャンヌは基本真面目な子だ。叱られるヒルネには容赦がない。

「ワンダさま。今です」

　ジャンヌがヒルネの脇腹から両手をパッと離して、狙撃観測手のように凛々しい顔で言った。

　ワンダがうなずいた。

「ヒルネ。帰ったら千枚廊下の掃除です」

「くうっ」

「わかりましたか？」

「わかりました……」

　ずいとワンダに顔を寄せられ、ヒルネはこくりとうなずいた。

　くすぐりの余韻を残したまま、ヒルネががっくりと頭を垂れた。

（目覚ましの聖魔法をかけておくべきだった……うかつだった……次回の居眠りは目覚まし魔法をかけよう）

　全然懲りていない大聖女。

　すると、天幕に部隊長カルロスが入ってきた。

「起きたようですな、大聖女さま」

「あ、カルロスさん」

　ヒルネ、ジャンヌ、ワンダが入り口を見た。

「話を聞いてしまいました。ワンダさま、ヒルネさまも頑張ったんですから、罰は勘弁してあげてください。俺にも原因はありますし」

　カルロスが天幕内に入ってきて、頭をかきながら、ワンダを見た。

歴戦の勇士である彼が申し訳なさそうにしていると、望みを聞いてしまいたくなりそうで、ワンダはごほんと咳払いをした。

「部隊長さまのお手をわずらわせてしまったのは事実です。それにヒルネは目を離すとサボろうとするので、千枚廊下の掃除は気を引き締めるためと思ってくださいませ」

「そうですか」

カルロスがヒルネを見て眉尻を下げた。

「すみませんね、ヒルネさま」

「いえいえ、お気持ちだけでもとても嬉しいです。私こそ勝手に背中を預けて居眠りを……あれ？

あれ？」

（カルロスさんの顔が……？）

ヒルネは布団から出て、カルロスを見上げた。

じっと見つめられ、カルロスが顔をそむける。少し恥ずかしそうだ。

「お顔の大きな傷が消えていますよ！」

ヒルネの言葉に、ジャンヌ、ワンダはすでに気づいていたのかうなずいた。

カルロスが肩をすくめて、精悍（せいかん）な顔でヒルネを見下ろした。

「どうやら寝ている間に治ったようですな」

「そうなんですか。私が治したんですかね？」

（寝る前に顔の傷が治ったらいいいな～なんて思ってたけど……）

身に覚えがなくて首をひねるヒルネ。

「あんな深い古傷、大聖女さましか治せませんよ」

カルロスがそっと確かめるように指でまぶたの上から顎の下までをなぞる。

今まであったものが消えているせいか、カルロスは珍妙な樹の実でも食べたような顔をし、また肩をすくめた。

「なんというか、ありがとうございます。傷が治ったせいで部下からは、これで嫁探しができますね、とからかわれていますよ」

白い歯を見せてカルロスが笑った。

（おお！　イケメンぶりが増したねぇ！）

ヒルネはミーハーなノリでカルロスを見上げた。

（カルロスさんは結婚してないのか。あ……）

キラキラと瞳を輝かせ、ふと名案を思いついた。

「カルロスさんは恋人がいないのですか？」

「え、なんですか急に？」

「いえいえ、世間話です」

「こらこらヒルネ。部隊長さまに変なことを聞くんじゃありません。申し訳ございません、カルロスさま」

ワンダが困り顔でヒルネをたしなめ、カルロスに頭を下げた。

ジャンヌは目を輝かせてふんふんと鼻息を出している。恋バナが好きらしい。

いいんですよ、とカルロスが首を振った。

「そうですね……夜は戦いで帰らず、いつ死ぬかわからない。そんな生活でしたからな。恋人なんぞ作ったら相手さんに悪いですよ」

大聖女の質問とあってはむげにもできず、カルロスは歯切れ悪く回答した。

ヒルネはほうほうと腕を組んでうなずいた。

ご意見番気取りらしいが、後頭部に思い切り寝癖がついている。威厳はゼロだ。

「では、ワンダさまとお付き合いをされてはいかがでしょう？　年齢も近いですし」

（絶対お似合いだと思うんだよね）

ヒルネが急に放った謎の提案に、カルロスとワンダは固まった。

「ワンダさまはとってもお優しいお方です。美人ですし、こうしてカルロスさんと並んでいると……うん、お似合いですね。ああ、今まさに女神ソフィアさまも二人はお似合いだ。そんなことを言っているような気が激しくします！」

勝手に盛り上がってきて、ヒルネは両手を広げた。

前世では恋バナの一つもしてこなかったので、やけに楽しい気分になってくる。

ジャンヌはメイド服の前で両拳を握って「そうなのですね！」と息巻いていた。

勝手に話を振られたカルロスとワンダは目を合わせ、さっとそらした。

先に口を開いたのはワンダだ。

「変なことを言うんじゃありません。私なんかがカルロスさまと釣り合うはずがないでしょう。この方は若い頃から剣一本で南方を守ってきた勇士なのですよ？　兵士さまから信頼され、教会でも評判のお方です。未婚の女子からも人気ですよ」

　ワンダが言うと、カルロスが頭をかいた。

「いやぁ……それを言うなら俺のほうですよ。元聖女さまであるワンダさまと一兵士が釣り合うはずがありません。それに、ワンダさまが聖女であった頃に、何度も助けられましたからな」

「あら……カルロスさま、あの、失礼ですけれど、大石鷲の魔物が出たときに――」

「ああ、思い出されましたか。あのとき千切れそうな腕をあなたにくっつけてもらった兵士ですよ。あれは大変な戦いでしたな……」

「あのときの兵士さまがカルロスさま……そう……傷がなくなって面影が……」

　二人は知り合いだったようで、昔話を始めた。

（これは胸熱な展開――！）

　ヒルネはジャンヌを手招きで呼んで、手を握って耳打ちした。

「このままこっそりと天幕を出ましょう」

「そういうことですね」

「さすがはジャンヌ」

「お二人にして差し上げましょう」

　ふふふ、と二人で笑い合って、抜き足差し足でヒルネとジャンヌは天幕から抜け出した。

外に出ると、キラリと眩しい光が差し込んだ。

「わあ！　ジャンヌ、綺麗ですね！」

「はいっ！」

瘴気が取り払われた採石場で、聖水晶が輝いていた。

小山のように積み重なった聖水晶は、まるで星屑の結晶を練り込んだ、オパールの宝石のようだ。キラキラとしていて、虹のまだら模様が石に走っている。

（うわぁ……すっごく素敵……）

ヒルネは見たことのない光景に目を奪われた。

採石場からは、石職人たちの明るい声が響いている。

「ジャンヌ、上に登ってみましょう！」

「え？　ヒルネさま、ちょっと！　ああっ！」

（聖句を唱えて……………浮遊の聖魔法――――！）

星屑が舞い、ふわりとヒルネとジャンヌの身体が浮かび上がる。

「ああ！　急に浮いたらスカートがっ！」

バタバタとジャンヌが両手を動かし、自分とヒルネのスカートを押さえる。

ぐんぐん上昇して、二人は聖水晶の小山のてっぺんを目指した。

「おお！　大聖女さまだ！」「おーい！」「浄化してくださってありがとうございます！」

作業している兵士と職人たちが気づいて、手を振ってくる。

ヒルネも笑顔で振り返した。

「ああっ！　ヒルネッ！　何してるの?!　下りてきて手伝いなさぁい！」

聖魔法で作業の手伝いをしていたホリーが二人を見つけ、ビシビシと指をさしている。

「ヒールーネーッ！　この居眠り大聖女〜〜っ！」

ハハハ、と周囲の職人から笑い声が上がった。

ホリーにも手を振って、ヒルネは聖水晶(セントクォーツ)のてっぺんに降り立った。聖魔法でジャンヌをゆっくりと下ろす。

（すごい……とても綺麗で……言葉が出てこないよ……）

「……」

「……」

ヒルネとジャンヌは周囲の景色を見て感嘆のため息をついた。

採石場にはごろごろと不規則に聖水晶(セントクォーツ)が散らばっており、そのすべてがキラキラと光を放っていた。虹色のシャボン玉をばら撒(ま)いたような、そんな美しい光景が周囲一キロに広がっている。

落ちかけた太陽が二人を照らし、風がヒルネの金髪を揺らした。

「ジャンヌ……やはり、世界は輝いていますね」

ヒルネはジャンヌの鳶色の瞳を見て、笑みを浮かべた。

「はい……とっても美しいです！」

ジャンヌは大きくうなずいて、満面の笑みを浮かべた。

二人はどちらからともなく、えへへ、と笑い合った。

しばらく採石場を見下ろしていると、ホリーが浮遊の聖魔法を使って、ふよふよとこちらに向かってきた。

「ちょっとヒルネ！　私だけ働かせるとはどういうこと——ひゃあっ……！」

ホリーは浮遊がうまくいかないのか、姿勢を崩して墜落しそうになる。

「ああっ！　私、浮遊は……まだ練習が……！」

上下に移動して一向に近づいてこないホリーを見てヒルネはくすりと笑い、聖魔法で補助してあげた。

助けられたホリーがふよふよ浮いて、てっぺんに下りた。

大きな吊り目を細めてご立腹のようだ。

「助けるなら早く助けてよね。別に私のほうが聖魔法をうまく使えるんだけど——」

ホリーが景色を見て驚いたのか、言葉を切って、採石場を見下ろした。

「綺麗ね……こんなの見たことがないわ……」

「ね？」

ヒルネがにこりとホリーを見て笑う。

ヒルネ、ジャンヌ、ホリーはワンダに呼ばれるまで、三人で同じ景色を見続けるのであった。

17.

聖水晶（セントクォーツ）の採石場が解放されて、一週間が経過した。

採石場解放のニュースは辺境都市イクセンダール中に広まった。

街にある職業斡旋（あっせん）所は大教会建築のため雇用が生まれ、活気づいている。

「我が大教会の工事が始まりましたね。目指せ世界一のホワイト企業。週休四日、三食昼寝付き、長期休暇あり、フレックス制度」

街の様子などつゆ知らず、ヒルネはうんうんと腕を組んで大教会に集まる人々を見ていた。

（朗読、巡回、浄化、聖句詠唱、治療……大聖女アカン。のんびりできない。たまのサボりは許してほしいね）

ヒルネは遠い目をして、崩れた元大教会の廃材を運んでいる作業員を眺めた。

（ジャンヌは今頃、寝具店ヴァルハラ・イクセンダール支部へ行っているでしょう。灯台もと暗しとはこのことです……ふふふ……）

お付きのメイドを巻いてきた大聖女。

朗読の時間であったが、こっそり抜け出してきたらしい。

「あ、ジジさまがいる」

額に大きなシミのある大司教ジジトリアが、石職人のポンペイじいさん、大男バルディックと話し合っている姿が見えた。

設計図らしきものを見て、何か話し合っている。

ヒルネは大司教の服を着たジジトリア、白髭のポンペイ、大男のバルディックへと近づいた。

「皆さん、こんにちは」

「おお、これはこれはヒルネさま」

ジジトリアが好々爺といった笑みを浮かべて聖印を切った。

さすがに一般人の前でヒルネを呼び捨てにはしないらしい。

ポンペイ、バルディックも笑顔でヒルネを迎えた。

「ポンペイさま、バルディックさま、大教会はいかがでしょうか？　明日にはできそうですか？」

この大聖女、いささか気が早い。

「作業は急がせていますぞ」

「ガハハハハッ！　そんなすぐにできるわけないですぜ！」

ポンペイが落ち着いて言い、バルディックは豪快に笑った。

「楽しみに待ちましょう、ヒルネさま」

ジジトリアが子どもに言い聞かせるように、ヒルネに笑顔でうなずいてみせた。

（だよねぇ……ああ、早くできないかな！）

ヒルネは半壊している大教会を見上げた。

これが新しく生まれ変わると思うと、気分が高揚してくる。

「ヒルネさまが来て、大教会が喜んでいるようですね。これなら無事に終わりそうです」

ジジトリアが感慨深げに大教会を見る。

ヒルネが着任するまでは、改修作業をすると、勝手に倒壊して元の崩れた形に戻ってしまった。

人を巻き込むような事故は起きていないが、大教会は修繕できない――これが聖職者と職人との共通認識だ。

大教会がヒルネを大聖女として迎え入れた。

女神ソフィアが祝福している。

そんなことを人々は囁いている。

当の本人はあまり気にしていないのか、青い瞳をキラキラさせて大教会を見上げていた。

ジジトリア、ポンペイ、バルディックは温かい視線をヒルネに向けていた。

「そういえば何を話し合っていたのですか？　ポンペイさまのここにしわが寄っていましたよ？」

ヒルネが額を指さした。

ポンペイは自分の眉間を触って、力を抜くべく何度か揉（も）んだ。

「聖水晶（セントクォーツ）に刻む図柄で悩んでおりましてな」

「図柄ですか？」

ヒルネの問いに、ジジトリアが代わりにうなずいた。

「切り出した聖水晶（セントクォーツ）に模様を刻み込むのです。メフィスト星教としては、女神ソフィアさまを推奨しております」

ジジトリアの発言に、バルディックが首を振った。

「そりゃ無茶だよ大司教さま。全部に女神さまを彫ってたんじゃ完成に十年かかるぜ」

「十年？　それは困ります！」

ヒルネが思わず声を上げげた。

（十年後とは聞き捨てならない。一刻も早くホワイト企業の本社を建てないと……安心して昼寝ができないよ）

お昼寝ファーストな大聖女。

ポンペイ、バルディックがそうだよなとうなずき、大司教ジジトリアが残念ですね、と肩を落としている。時間があれば、精緻な彫刻をしてもらうつもりであったのだろう。

バルディックが太い腕を上げげて、力こぶを作った。

「そこでだ。俺は鉄と煙の街にふさわしい、力強い図柄がいいと思う」

「え〜、むさ苦しいのはちょっと……」

「ダ、ダメですかい？」

ヒルネの怪訝（けげん）な顔に、今度はバルディックが両手を下げて困った顔になった。

「わしは翼の図柄がいいと思う。採石場で飛んでいたヒルネさまを見て、これだと思った」

今度はポンペイじいさんが言った。

翼の絵。

悪くないかもしれないとヒルネは想像した。

しかしこれには大司教ジジトリアが納得しなかった。

「翼の絵柄は西の大教会にて使われております。南方の救世主ヒルネさまが、すでに別の大聖女が使っているものを後追いするなど——言語道断。いけません」

「えー、そうですかね？　私は結構いいと思いますよ」

（空を飛ぶのを想像すると、寝付きがよくなりそうだし）

ポンペイ、バルディックは「ジジトリアさまの言うとおりだ」と翼を除外した。

「こんな具合で、彫るべき図柄が決まらんのですよ」

ポンペイじいさんが白髭を撫でて言った。

「ふーむ……」

ヒルネは顎に手をおいて、首をかしげた。

（辺境都市イクセンダール——別名、鉄と煙の街。名前にちなんだ図柄がいいのかな？　でもなぁ、鉄とか煙とか、むさ苦しいのはなぁ……）

大教会の外壁が可愛くないのはちょっといただけない。

布団の絵がいいような気もするが、さすがに却下されるだろう。

「それでしたら、お花の絵はどうでしょうか？」

「お花？」

バルディックが片眉を上げた。

「花なんてこの街には一本も生えてないぞ？」

「そうなのですか？　それならなおさら必要です。イクセンダールには癒やしが足りませんよ。街を歩いても鉄と煙の匂いしかしません。なので、可愛いお花でお願いします」

ヒルネは名案だとうなずいた。

後にこの発言が街を変えていくとは、誰も思っていない。

（聖水晶（セントクォーツ）に花柄の彫刻。素敵じゃないの、ねえ奥さん？　ついでに人をダメにする椅子も導入しましょう）

誰に向かって言っているのだろうか。

ダメ椅子の導入はヒルネの中で確定事項である。

「花ですか……よろしいかと思います。聖書にもいくつかの花が出てまいりますので、そちらを参考になされてはいかがでしょう？」

「ジジさま、聖書もいいのですが、南方地域で親しみのあるお花にしませんか？」

「ほう、ほう、そうですか」

ジジトリアがにっこりと笑みを浮かべた。

南方地域の大司教としては嬉しい提案だったようだ。

どんな花にしようか？

そんなことを話し始めたところで、ヒルネの背後から声が響いた。

「いた！　ヒルネさまぁ！」

（まさかジャンヌ?!）

声に驚いてヒルネは振り返った。

ジャンヌがメイド服をなびかせ、猛烈なダッシュで芝生を駆け上がってくる。

「ヒルネさま！　もう朗読の会は始まっているんですよ！　皆さん、ヒルネさまをお待ちです！」

（十歳とは思えない走りっぷり！）

ジャンヌの足が速すぎて、逃げようにも後ろには作業中の大教会。左右に走っても飛びつかれておしまいである。

浮遊の聖魔法で空に逃げるのも一手ではあるが、ワンダに禁止されたばかりのためジジトリアの目の前で使うわけにもいかない。八方塞がりであった。

サボり魔の大聖女は観念して、両手を差し出した。

「む、無念です……」

「捕まえました！」

駆け寄ったジャンヌがヒルネの手をつかみ、頬をふくらませた。

「もうヒルネさまったら。いつまで経ってもヒルネさまが来ないので、皆さん一言もしゃべらずにお待ちですよ。なんというか、いたたまれない雰囲気なんです」

ジャンヌは必死だった。

「今日お集まりの方々はすっごく生真面目なんですよ。神聖な礼拝堂で私語などできぬと、黙ってじーっと座ってるんです。大聖女はまだかと聖職者さまの視線が私にグサグサと――」

「ああ、それはいたたまれない感じですね」

（百人が黙って座ってる図はキツいもんがあるよね）

そんな空気を生み出した張本人はのんきに考える。

「お花を摘みに行くと言って脱走しないでください！」

ジャンヌがヒルネの両手を持ったまま、顔を近づけた。

この大聖女、トイレに行くと言って脱走を試みたようであった。

（ジャンヌのお目々は大きいなぁ……可愛いなぁ……）

まったくもって心に響いていなかった。

そんなやり取りを後ろで聞いていたジジトリア、ポンペイ、バルディックから笑い声が上がった。子どもたちが元気で嬉しいようだ。

ちなみに大司教ジジトリアはヒルネを自由にさせて見守ろうと思っているらしく、怒るつもりはないらしい。叱るのはワンダの役目と考えている。

「笑われてしまいましたね」

ヒルネがジャンヌに微笑む。

ジャンヌは星海のような青い瞳を向けられて怒る気持ちが吹き飛んでしまい、恨めしそうに目を細めた。

「ヒルネさまはズルいですよ。私、何も言えなくなるんですからね」

「何がですか？」

「いいです。ぷん」

ジャンヌが顔を背けた。

「あの、すみませんでしたジャンヌ。今から行きますから、怒らないでください。ね？」

「怒ってません」

「ああ、そういえば、南方地域で有名なお花はありますか？」

「お花ですか？」

ヒルネの質問に、律儀な性格のジャンヌはすぐに考え始めた。

「そうですね……私の住んでいた村では、ユキユリが綺麗に咲いていました」

「ユキユリってどんなお花でしょう？」

ヒルネが聞くと、ジジトリアが大司教服のポケットからメモ帳を出して、絵を描いた。

「このようなお花ですよ」

六枚の花弁を持った、艶（あで）やかで気品のある花だ。

（前世で見たユリと結構似てるけど、それよりもゴージャスな感じだね）

ヒルネはジジトリアに礼を言って、顔を上げた。

「ユキユリを聖水晶（セントクォーツ）に刻みましょう。いずれはイクセンダールの街もお花であふれる街にしたいですね」

（鉄と煙じゃ安眠できないからね）

そんなヒルネの言葉にジジトリア、ポンペイ、バルディックは顔を見合わせ、力強く首肯した。

「そりゃあいい」とポンペイじいさん。

「大聖女さまが言ったら、みんなが種を蒔くかもな」とバルディック。

「この街を花であふれるように……」空を見上げるジジトリア。

「完成が楽しみです」

笑みを浮かべるヒルネ。

四人が考えている横で、真面目なメイドさんがヒルネの背後に回り込んで両脇に手を入れた。

「さ、ヒルネさま。もうお話はお済みですね？　足に根っこが生えて動けない病になった、とか言わないでくださいね」

「なぜ私が言おうとしていたことを……⁉」

「ヒルネさまのことはなんでもお見通しですよ」

ジャンヌが笑い、ヒルネの手を引いて歩き出した。

「ああ、ジャンヌ！　私はまだ皆さんとお話を！」

「皆さま、お騒がせいたしました」

ジャンヌが謝りながら、後ろ歩きでヒルネを引っ張っていく。

「あと五分だけ！　いえ、芝生でお昼寝もしたいのであと十五分だけ！」

「なぜ時間を増やすんですか⁉　皆さんが礼拝堂でお待ちですよ」

困った人だなとジャンヌがたしなめ、ジジトリア、ポンペイ、バルディックが引きずられる大聖女を見てハッハハッハッハ、と楽しそうに笑った。

ジャンヌに引っ張られて身体が自然とななめになっているヒルネは、視界に大きな青空が映っていた。

(あの雲、たこ焼きみたいだな……ああ……眠くなってきた……)

引きずられて、うとうとと目を細めるヒルネ。

結局そのまま寝てしまい、ヒルネが礼拝堂で朗読を始めたのは一時間後であった。

参加者には聖魔法でたっぷりと祝福をかけたので、全員大満足で帰っていった。大聖女の祝福は一生自慢できるものだ。

ちなみに、ワンダのお説教も一時間コースだった。

18.

ヒルネはジャンヌ、ホリーと食堂で朝食を食べていた。

「果実が少ないですねぇ」

ヒルネがフォークで刺した洋梨っぽい果実を顔の前へ持ってきた。

(一人一個とはいえピンポン玉サイズしかもらえないとは……よほど食料事情が厳しいのかな?)

食べられるだけまだいいかと、ヒルネは口に放り込んだ。

淡い甘みが口の中に広がった。

「そうなのよね。もっと食べたいわ」

ため息を漏らしながら、ホリーも果実を口に運ぶ。

「ホリー。聖女は食欲に負けてはいけないのでは?」

ヒルネがにやりと笑って言うと、ホリーがハッと顔を上げて頬を赤くした。

「そ、そうね! 私が言ったのはアレよ。皆さんの食べる分が増えたら嬉しいという意味よ。決して私利私欲で言ったんじゃないわ」

ホリーが髪を撫でながら、宙を見て言った。

「ジュエリーアップルさん、食べたいですね」

ジャンヌが王都西教会のジュエリーアップルを思い出したのか、笑顔でヒルネとホリーを見つめた。

(ジュエリーアップル美味しかったな。超ジューシーなりんごって感じだった)

ヒルネが甘さを思い出しているとホリーが、「そうね。食べたいわ」と、助け舟が出たとばかりに即座に返事をした。

ジャンヌの意見にヒルネも賛成だった。

(美味しいものをいっぱい食べて寝たい……。あれ? 南方に来てから全然ぐうたらできてなくない?)

ヒルネは美味しいものをたらふく食べて、のんびりしたい。そんな願望とは現在真逆になっていることに気づいた。

(何かしらの対策を講じないといけませんな)

権威ある科学者のように脳内で一つうなずいて、ヒルネはジャンヌを見た。

「ジュエリーアップルは南方には生えないのでしょうか?」

「王都より北側に生える木ですからね。南方はミニベリーや木苺が主流です」

ジャンヌが食べ終わった食器を集めながら言った。

「他に目玉商品はないのですか?」

「目玉商品ですか……うーん……」

悩みながらも、ジャンヌの手はヒルネ、ホリーの食器を集めていく。

「ジャンヌの動きが日に日に職人じみていくわね」

ホリーがジャンヌの手さばきを見て、苦笑いをしている。

ヒルネと毎日寝て加護を受けているせいなのだが、まだ誰も気づいていない。

「果実は難しいかもしれませんね。農家の方に聞いてみるのがいいと思います」

「わかりました。早速このあと行きましょう」

(美味しい果実! 食べたい!)

ヒルネが力強くうなずいた。

だが気合いむなしく、ジャンヌがこほんと咳払いをして、じとっとした視線をヒルネへ向けた。

「ヒルネさま。本日は朝の祈禱(きとう)、式典の予行練習、お昼を挟んで大教会での聖句詠唱、貴族さまとのお茶会、辺境伯さまとの面会――」

ジャンヌがスラスラと予定を暗唱し始め、ヒルネはわざとらしく話の途中で両手を口で覆った。

「どうしましょう、大変です。私、部屋に忘れ物をしたみたいです」

そそくさと立ち上がって食堂から出ていこうとする大聖女。

隣にいたジャンヌにがしっと肩をつかまれた。

「ヒルネさま？　お忘れ物はありませんよ？　そもそもヒルネさまはいつも手ぶらですよね」

（ジャンヌの笑顔がキラキラとまぶしい。天然の聖魔法ですか？　くっ）

ジャンヌは爽やかな笑顔で、ぜーったいに脱走しないでくださいね、と訴えかけている。

「あ〜、そうですね……聖書、そう、聖書を忘れたような気がするのですが――」

「聖書は各お部屋にありますのでお持ちいただかなくて大丈夫です」

「…………無念です」

大した言い訳もできず、ヒルネは椅子に腰を下ろした。

向かいの席で様子を見ていたホリーがため息をついて、肩をすくめた。

「大聖女としての心構えができてないわね？　いいことヒルネ。あなたはこの南方地域の星なのよ？」

ホリーがくどくど大聖女とは、と説き始め、ヒルネは秒で眠くなってきた。

「――こうして大聖女が誕生したの。女神ソフィアさまが我々を不憫に思って御慈悲をくださったからで、聖魔法が使えるようになったのは人間の力ではなく――」

「はい、はい」

「――イシュトの湖に棺桶(かんおけ)を沈めた初代国王が初めて大聖女を――」

「はい、はい」

「――大聖女は悲哀を胸に荒廃した土地を――」

「はい……ほい」

「――であるからして――」

「……ぐう」

ヒルネはジャンヌの肩に頭をあずけ、寝た。

ジャンヌが申し訳なさそうな目で、気持ちよさそうにしゃべっているホリーを見ている。

「って全然話聞いてないじゃない！　私が話してるのに寝ないで！」

ズビシと指をさして、ホリーがそのままテーブル越しにヒルネの頬に指を入れた。

「……んむぅ？」

「ぷにぷにしているわ。赤ちゃんみたいなほっぺたよ」

ホリーが指をぐりぐり動かして驚愕(きょうがく)している。

ジャンヌがうんとうなずいた。

「ヒルネさまのほっぺた、やわらかいんですよ」

そう言ってジャンヌもつんつんとつついた。

「んん……ん？　あれ？」

ヒルネがまつ毛を上げ、大きな碧眼でジャンヌとホリーを見つめた。

ホリーはあわてて手を引いて椅子に座り直した。

「すみません。意識がフライアウェイしていたようです」

「よくわかりませんよ、ヒルネさま」

ジャンヌがほっぺたから手を離し、ヒルネの大聖女服を整えた。

「ホリー、すみません。ホリーの話を聞くとすぐに眠くなってくるんです。あ、そうだ。今度寝る前にお話を聞かせてください。きっと安眠できますから」

眠たげに目をこすり、ふああとあくびをしながらヒルネが言った。

「私が話さなくても五秒で寝るじゃない……」

失礼しちゃうわねとホリーが腕を組む。

「これは一本取られたようですね。さて、それでは農家の方にお話を聞きに行くとしましょう」

ヒルネはさも当然といわんばかりに立ち上がった。

ジャンヌがまた爽やかな笑顔で引き止め、ヒルネの前に立ちふさがった。

「どうしたのですか、ジャンヌ？」

「今日はご予定がたくさんございます。頑張りましょうね？」

「農家に行きましょう。ええ、それがいいです。農家に行ってお茶でも飲みながら畑仕事を眺めましょう」

この大聖女、行っても手伝う気はないらしい。

「ダーメですよ？　大事な予定なのでサボり厳禁と、ワンダさまに言われているんです」

「異議あり。有給を申請します！」

「ゆうきゅうとは？」

ジャンヌが首をかしげた。

（異世界に有給制度はないんだった……！）

そんなこんなで、ヒルネは農家に行きたいと思いながらも、渋々朝の祈禱へと向かうのであった。

19.

ヒルネが農家に行きたいと言い出してから一週間。

寝泊まりしている大教会は修繕が進んでいた。

（だいぶ進んできたね。ワクワクしてくるよ）

崩れていた瓦礫は綺麗に取り除かれ、聖水晶（セントクォーツ）で外壁の二割ほどが覆われている。残り八割は木材による仮の壁が作られていた。いずれこの木材も聖水晶（セントクォーツ）に変わるだろう。

「ふあぁぁ～……あっふ……天井の穴ぼこから朝日が落ちていますね」

うーんと伸びをするヒルネ。

大教会の礼拝堂にヒルネのベッドが設置されている。

レースで何重にも覆われているため外からは見えない。

長いプラチナブロンドのヒルネがベッドから起き上がる姿は、物語の一ページのようであった。

(人をダメにする椅子はどこだっけ……?　アレがないと私、生きていけない……)

「ヒルネさま、おはようございます。めずらしくお時間どおりですね。専属メイドとして鼻が高いです」

ジャンヌが笑顔でベッドの脇へと近づいてきた。

「おはようございます、ジャンヌ。今日も可愛いですね」

「何を言ってるんですか。ほらほら、早く起きてくださいね」

ジャンヌが顔を赤くし、ベッドのふちに腰掛けているヒルネから掛け布団を取り上げた。

「ささ、ご準備を」

「はい。今日はホリーの手伝いに行きますからね。早く支度をしましょう」

本当にめずらしく、ヒルネは駄々をこねずに両手を上げた。

「ヒルネさまったら。農家の方に会えるのが楽しみなんですね?　さ、こちらにお立ちになってください」

くすくす笑いながら、ジャンヌがヒルネの寝巻きを脱がし、桶に用意していたぬるま湯でヒルネの全身を拭いた。

「そうなんです。ホリーの手伝いをして、農家の方にも会う。これぞ一石二鳥というものです」

「ワンダさまと三日間交渉したかいがありましたね」

「ええ。ジャンヌも街の外に行けるのは嬉しいですか?」

「そうですね……私のいた村でも果実栽培は盛んでした。楽しみです」

ジャンヌがしゃべりながら、的確にヒルネの身体を布で拭いていく。

「そうですか……ふああっ……」

大きなあくびを一つ。

ヒルネは身を任せた。

（極楽ですなぁ……）

ぼーっと天井を見上げるヒルネ。

ちゃぷちゃぷとジャンヌが布をぬるま湯につける音が響く。

視線を下げると、大教会の女神像が優しく微笑んでいた。

○

朝のお祈りを終えたヒルネは、イクセンダールから馬車で二時間の村に到着した。

「馬車内での昼寝もいいですね、ジャンヌ」

「ふふっ、そうですね」

「ジャンヌは真面目に勉強をしていたみたいですね……あっふ……」

「ワンダさんにもらった経済の本を読みました」

ジャンヌが馬車から出て、大聖女護衛の兵士たちに挨拶をする。

ヒルネはあくびを噛み殺し、外に出た。

（草木の匂いがする。のどかだな……）

木造の建物が点在し、村人たちは歌を歌いながら生活に必要な作業をしている。

牧歌的な景色が広がっていた。

前世で住んでいた自分の街がいかに無機質だったか、身にしみた。

「遅かったじゃない、ヒルネ」

大きな吊り目のホリーが水色の髪を風になびかせ、早足に歩いてきた。

着ている聖女服がよく似合っている。

「ホリー、おはようございます」

「馬車の中で寝てたんでしょ？」

「ジャンヌの太ももは最高です。帰りはホリーの太ももをお借りします」

ビシッと親指を立てるヒルネ。

行きの馬車はジャンヌの膝枕でごろごろしていた。

「相変わらずねえ……」

ホリーが苦笑すると、ヒルネがさらに口を開いた。

「訂正します。帰りはホリーのもちもちの太ももをお借りします」

ビシッとまた親指を立てるヒルネ。

「もちもちって言い直さなくていいわよ！」

ホリーが顔を赤くして、スカートで自分の太ももを隠した。

「どちらの太ももも捨てがたいんですよ。ホリーのもちもちは疲れた身体に有効であると発表しておきます」

「どんな発表よっ」

「イクセンダール裏通りの露店で売っている、南方カステイラと同等のもちもちさです」

「南方カステイラって……というより、あなたまた大教会を抜け出したの？」

ホリーが信じられないと口をあんぐり開け、ヒルネはしまったと口を真一文字にした。

（うかつ……つい口が滑ってしまった……）

「ヒルネさま、またですか⁈」

今度はジャンヌが声を上げた。

「大聖女なのに露店で食べ物をもらわないでください」

「だ、大丈夫です。変装してますから、はい」

「変装って……寝具店のトーマスさんからもらった、あの市民の服ですか？」

「そうです。あれを着ていれば私も一般人です」

どうしても街を見たかったヒルネは、寝具店ヴァルハラのトーマスに言って、十歳の女の子が着る服を用意してもらった。

そこそこに上等な服で、着ればいいところのお嬢様、という雰囲気になる。

ただ、ヒルネが着ると、明らかに一般人ではない高貴な少女が私服で歩いているようにしか見えなかった。

市民は私服のヒルネを大聖女だと見抜いている。

というのも、長いプラチナブロンドと星海のような碧眼は、誰がどう見ても噂の大聖女そのものであった。しかも、ヒルネの絵姿はイクセンダールでのロングセラー商品になりつつあり、ヒルネの姿を知らないという市民はほぼいない。

南方カステイラを販売している露店のおじさんはヒルネがよだれを垂らしている姿を見て、「可愛いお嬢ちゃんだ」と大聖女であることに気づかないふりをして、あまった商品をヒルネにあげていた。串焼き屋に続き、心優しいおじさんであった。

「絶対に皆さん気づいてますよ……」とジャンヌ。

「気づかないのは盲目のジャージャーだけよ……」と聖書の登場人物にたとえて言うホリー。

「いえいえ、変装は完璧です。露店のおじさんも気づいていませんでしたからね」

「黙っていてくれる優しさよ。それだけあなたが市民に愛されているってことね」

ホリーが肩をすくめ、ふうと一息ついた。

「ま、それは後でワンダさまに報告するとして――」

「ホリー、ホリー、さらりと報告宣言をしないでください。お願いですから黙っていてください」

ヒルネがホリーの袖をつかんだ。

「どう考えても規則違反じゃないの。しかも南方カステイラを食べてるとか、ずるいわよ」

「あ～、ホリーも食べたいんですか？　そうですかそうですか。そういうことですか」

「ち、違うわよ！」

ホリーが腕を上げてヒルネの手から逃れ、顔を背けた。

「とにかくワンダさまには報告しますからね！」

「ホリー……南方カステイラ、一つ持って帰ってきます……それで手打ちにいたしましょう」

「なん……なんてこと言うの！」

「とーっても美味しいんですよ。食べたら天に昇る気分になります」

「……ダメよ」

「ふわふわのもちもちです。しかも甘いんです。信心深いおじさんに言えば、きっと分けてくださるはずです」

ヒルネが回り込み、ホリーの顔をじっと覗き込んだ。

うっとホリーが後退り(あとずさ)して別の方向へと顔を背ける。

しばらくホリーは考えると、何度か髪をかき上げた。

「まあ、この件は保留にしておきましょう……そうね」

「ありがとうございます、ホリー」

ヒルネがにっこり笑う。

ジャンヌは二人の姿を見て楽しそうにくすくすと笑った。ヒルネを止めても無駄だろうとわかっているらしい。

話を変えようとホリーが咳払いをし、背筋を伸ばした。

「それでヒルネ。私の仕事を手伝ってくれるって本当なの？　私はあなたが遊びに来たんじゃないかって、まだ疑ってるんだけど」

ホリーが目を細めてヒルネを見つめる。

「いやですねぇ、友達を手伝いに来ただけですよ」

ヒルネがニコニコと笑って言った。

ホリーを手伝うのが半分、農家に行きたいのが半分、といったところだ。

「ふうん、そう……さ、こっちよ」

ホリーがそう言って踵を返した。

口元をむにむにと動かしている。どうやら嬉しいらしい。

ヒルネとジャンヌは顔を見合わせ、笑顔でホリーのあとについていった。

20.

ホリーが担当している主な仕事は果樹園の浄化だった。

村は聖女の力で守られているが、果樹園は瘴気のせいで九割が栽培不能になっているらしい。

（収穫量がマイナス九割か……そりゃあ果実が都市にも届かないわけだ）

そんなことを考えながら、ヒルネは村に入った。

「大聖女さま……村に来てくださってありがとうございます」「大聖女さま……」

村人が挨拶し、ヒルネとホリーを見て聖印を切る。

大聖女の来訪はありがたい様子であったが、彼らの表情の裏には、あきらめの感情があるように見えた。

（歓迎はされてるけど、なんか無気力？）

大聖女がヒルネのような小さい女の子で、がっかりしているようにも見える。

牧歌的に見えた村は、いざ入ってみると、どこか寂しげな空気が流れていた。

ヒルネたちは村長に挨拶をし、村を抜けて果樹園へ入った。

（これは……壊滅的だね……）

果樹園は魔物のせいでほとんどの木が倒れている。

土はめくれ上がり、倒れた木に瘴気がこびりついていた。

「村の皆さんは果樹園がこんな状態だから落ち込んでるのよ」

ホリーが悲しそうに言い、瘴気に近づいていく。

「だから、私たち聖女ができる限り土地を浄化するの」

朗々と聖句を唱え、ホリーが両手をかざして浄化魔法を使った。

キラキラと星屑が舞って、周囲五メートルから瘴気が消える。

だが、すぐに地面から水が滲（にじ）み出（で）てくるように、瘴気が這い上がってきた。

「何度浄化してもダメなのよ……。昨日は頑張って、あそこからここまでを浄化したわ」

ホリーが指さして浄化した範囲を伝えてくる。

（ちょっとしか進んでない……ホリーはそれでもあきらめずに浄化してるんだ）

ヒルネにはホリーのひたむきさが眩しく見えた。なんて素敵な子なんだろうと思う。

「浄化するにしても、別の方法を考えないと果樹園は復活しないわ……」

ホリーが腕を組むと、ジャンヌと護衛の兵士たちも、真剣に考え始めた。

ヒルネもむうと唸り声を上げて考え始める。

（ただ浄化するだけじゃダメ……となると……ああ、お日さまがぽかぽかしてて眠く……って、いけないいけない）

自分の太ももをつねって、ヒルネは周囲を見回した。

すると、果樹園の端のほうで、何やら人が動く姿が見えた。

ヒルネはそちらに近づいた。ジャンヌとホリーもついてくる。

「儂（わし）はあきらめんぞ」

そんなつぶやきをしながら、鍬（くわ）を振り下ろしている農家のじいさんがいた。

倒木を脇へよけ、地面を掘り返している。

苗木を準備していることから、これから新しい木を植えようとしているみたいだった。

「おじいさんこんにちは」

「んん？　おおっ……聖女さまですな⁉」

じいさんが鍬を置いて帽子を脱ぎ、丁寧に聖印を切った。

ヒルネはぺこりと頭を下げる。

「私はヒルネと申します。何をされているのですか？」

「儂は地面を掘り返してシュガーマスカットを植えようとしております。これが苗木です」

「シュガーマスカット？」

美味しそうな響きにヒルネは聞き返す。

ジャンヌが後ろで驚いた声を上げた。

「ヒルネさま。シュガーマスカットはかつて南方の名産だった果実です。結晶が出るほど甘くて、やわらかくて、香りもいいんですよ！」

前傾姿勢で説明するジャンヌを見て、じいさんが顔を向けた。

「メイドさんは南方出身かい？」

「はい、そうです」

ジャンヌがうなずく。

「シュガーマスカットは美味しかっただろう？」

「はい……とても」

ジャンヌが昔を懐かしむように言った。

「じじいの酔狂だと思って儂を止めないでくれ。村の連中は儂が自暴自棄になったとか言って、土地を耕すのをやめさせようとするんだ……頼む……」

「……シュガーマスカットは瘴気のせいで実をつけなくなったと聞きました。もう五年も経つって

「……」

かつて南方の名産であったシュガーマスカットは繊細な植物であり、瘴気を少しでも感じると実を作らない。十数年前から南方の瘴気が拡大し、五年前にシュガーマスカットの流通はなくなった。現在の環境では実を作ることができない。

「儂はあきらめきれん！　もう一度孫にシュガーマスカットを食べさせてやりたい！　だから聖女さま、儂のことはどうかほうっておいてくだされ！」

じいさんはそう言って、鍬を取って土を掘り始めた。

そんな話を聞いていたヒルネは、土を見て何かに気づいた。

（あれ？　いま一瞬瘴気が土に混ざっていたような……。光を避けるようにして地中に逃げていった？）

ヒルネは目を細めて、じいさんの鍬が振り下ろされる付近を見つめる。

ザクッ、と音がして土が掘り返されると、瘴気が一瞬だけ見え、すぐに地中へ消えた。

（やっぱり！　果樹園を汚染してる瘴気は光に弱いのかな？　でも……倒木に張り付いてる瘴気は太陽を浴びても平気そうだよね……。とすると……）

ヒルネは見習いだった頃に受けた講義を思い出した。

（そういえばワンダさんの講義で、核を持った瘴気がいるって話があったな。端っこを切り離すと、本体と合流してもとの形に戻るってやつ……）

「おじいさん……」

ジャンヌがつらそうにつぶやいた。

「あの方は何を言ってもずっとああなのよ。危ないからやめなさいと言っても聞かないの」

ホリーが心配そうに彼を見つめた。

護衛の兵士たちもじいさんの気持ちがわかるのか、それとなく見守っている。

（……ちょっと試してみようか）

ヒルネだけはまったく別のことを考えており、じいさんに近づいた。

「ヒルネ？」

ホリーの呼びかけも聞こえない。ヒルネの頭にはとあることが浮かんでいた。

「え？　聖女さま？」

「おじいさん、ちょっと失礼いたします」

ヒルネはじいさんが掘り返した土の前に膝をつき、両手をずぼっと土に入れた。

「え⁈」

「ヒルネさま⁈」

ホリーとジャンヌがヒルネの奇行に声を上げた。

21．

服が汚れるのも構わず、ヒルネはぐりぐりと腕を地中に埋めていく。

(聖句省略——探知の聖魔法——!)

ヒルネの全身から星屑が飛び出した。

瘴気の場所を把握する聖魔法が行使され、ヒルネの脳内に強い瘴気の反応が映った。

(うわっ……とんでもなくでっかい瘴気のかたまりがある。しかも何個も。あれを浄化しないと果樹園は復活しない……!)

地中には、馬車一台分ほどの瘴気が点在している。

「よし」

ヒルネは近場にある瘴気の核を浄化してみることにした。

地中にある瘴気を浄化するのは初めてだ。

前世のテレビで見た探検家をイメージし、魔力を練り上げた。

(聖魔法で地中に突入——浄化!)

特大の魔法陣がヒルネを中心に展開され、舞台にスポットライトが当たるような、まばゆい光が輝いた。

「ヒルネ!」

「ヒルネさま⁈」

「ひゃあっ」

ホリーとジャンヌが両目を細め、農家のじいさんはびっくりして尻もちをついた。

（地中用の浄化魔法をイメージして――魔力をもっと――）

ヒルネが気合いを入れて魔力を注入する。

バラバラと星屑が噴き上がり、星屑が集合していって、サファリハットをかぶったミニヒルネが十人登場した。

ミニヒルネたちは敬礼すると、星屑の残滓を残して地中へと消えた。

約一名のミニヒルネは大きなあくびをして、じいさんが驚いて放り出した鍬の上に座り、うつらうつらし始めた。今にも寝そうである。

「……」

（毎回サボりが出るのは私が隊長だからかな……？）

ヒルネはそんなことを思いつつ、土に手を入れたまま魔法を維持した。

「ヒルネ?!　説明もなしに聖魔法を使わないでよ！」

「ヒルネさま」

ホリーとジャンヌが魔法陣の輝きを見ながら駆け寄った。

「聖女さま、これは……？」

農家のじいさんが放心して尻もちをついたまま口を開けている。

「地中に瘴気のかたまりがいます。それが地上にいる瘴気の親玉です」

ヒルネがホリーとジャンヌを見て言うと、二人は驚いて地面へ視線を向けた。

「親玉を退治しないと、瘴気がどんどん出てきます。ホリーが頑張って浄化した場所も、また汚染

星屑が噴水のように噴き上がった。


されてしまうと思いますよ？　悪しき根源を絶ちましょう！」

（根っこをつぶしてしまえばオッケーってやつだよね）

「地中に？　そんな……」

ホリーはショックだったのか、地中を見て悔しそうに歯噛みする。

ヒルネはホリーに笑いかけた。

「ホリーも手伝ってください。たぶん、瘴気が地中から逃げ出してくると思うので――」

そこまでヒルネが言ったところで、ドン、と爆発するみたいに地面が盛り上がり、キラキラと星屑が噴水のように噴き上がった。

「わぉお」

「きゃあ！」

（温泉が出た！　みたいなノリだね）

「ヒルネさま！」

ホリーが肩を震わせ、ジャンヌがヒルネに土が当たらないようかばった。

地中は湿り気が強いのか、土がかなり水分を含んでいる。

「ありがとうジャンヌ。大丈夫ですよ」

「よかったです。瘴気は退治できそうですか？」

「ええ、いちおうこれでも大聖女ですから、なんとなくできるだろうという確信があります」

ジャンヌはその言葉に笑顔でうなずき、ヒルネの後ろに立った。

最後まで近くで見届けるつもりのようだ。

そうこうしているうちに、果樹園のいたるところで星屑が噴水のごとく噴き上がり、その衝撃で土が跳ね上がった。大型の魚類が網にかかって暴れるように、瘴気が浄化から逃れようと地中を転げ回っているらしい。

「ホリー、瘴気が逃げようとしていますよ！」

ヒルネが土に手を入れたまま叫んだ。

視線の方向には黒いもやのような瘴気が浮かんでいる。

浄化しそこねた瘴気が地中からでてきて、集結しようとしていた。

「手伝いってそういうことね！」

ホリーが即座に聖句を唱え、「浄化！」と魔法を飛ばした。

星屑が舞って瘴気が消滅した。

「大当たりです、ホリー」

「じゃんじゃん浄化してちょうだい！　地上は私にまかせて！」

ホリーが聖女服の袖から杖を取り出して、構えた。

魔法力を高めるホリー専用の杖だ。

「ホリー、そんなに果実が食べたいんですね……」

「ち、違うわよ！　変なこと言わないでよねっ」

ホリーが聖魔法を飛ばしながら、心外だと叫ぶ。

た。

「知ってますよ」

ヒルネは笑みを浮かべてつぶやいた。

（ホリーは優しい子だもんね……）

「兵士の皆さん！　村に瘴気が行かないように、果樹園と村の入り口付近を防御してください！」

ホリーが護衛の兵士たちに指示を出すと、皆がうなずいて抜剣し、聖水を振りかけて駆け出した。

（ふむ……この辺はオッケーかな）

ヒルネはずぼっと両手を土から引き出し、絶賛尻もち中のじいさんに向き直った。

「おじいさん、浄化に協力していただいてもよろしいですか？」

「協力ですかい？」

「はい。次はそうですね……あの辺から浄化を使いたいです。鍬で土を掘り返してください。果樹園を一緒に取り戻しましょう」

ヒルネが果樹園の奥を指さした。

合点（がてん）がいったじいさんは困惑した表情を笑顔にかえ、膝を叩いて立ち上がった。

「おまかせくだせえ！　行きましょう！」

じいさんは喜び勇んで鍬を手に取り、走り出した。

すると、鍬の上で船を漕いでいたおサボりミニヒルネは放り出され、シュガーマスカットの苗木にぽーんとぶつかって転んだ。かぶっていた星屑のサファリハットがずり下がる。ミニヒルネはそのまま星屑の鼻ちょうちんを作って居眠りを始めてしまった。

「私たちも行きましょう」

ドン、ドンと星屑と土が舞い上がる中、ヒルネたちは移動した。

じいさんは「うおおおっ、果樹園を復活させるぞぉ！」と、とんでもない勢いで土を掘っていく。

「あとで疲れちゃいますよ……。あ、それくらいで大丈夫ですよ」

「了解ですぞ！」

じいさんが鍬を下ろす。

「昼寝したくなってきました」

ヒルネがふあああっ、とあくびをして、土に両手を入れた。

「ヒルネさまには泥一つつけません。専属メイドとして！」

ジャンヌはエプロンを外して、両手で広げた。

飛んでくる土をガードするつもりらしい。

「土の中に隠れてるとかずるいわよ。よくも私を困らせてくれたわね……！」

ホリーが不敵な笑みを浮かべて杖を構える。

「ではいきます――浄化！」

ヒルネが聖魔法を行使すると、魔法陣が広がった。

それから、穴を掘って地中を浄化する作業を繰り返した。

やり始めたときは、これはすぐ終わるな、とヒルネは楽観的であったが、果樹園全体を浄化する頃には日が沈もうとしていた。

「お腹空いた……眠い……」

(昼前から夕方まで浄化作業をしてしまった……ブラック……)

前世の社会人のくせなのか、終わるまで帰れない気分になっていたヒルネ。

(途中休憩とかすればよかったじゃん)

後悔先に立たずであった。

果樹園を見回すと、瘴気は消え去ったようだ。

正常な空気が流れている。

ヒルネはちょうどいい高さの倒木に腰を下ろした。

「ご飯食べたい……お風呂入りたい……寝たい……」

「さすがに賛成……私もお腹が空いたわ……」

ホリーも疲れたのか、緩慢な動きでヒルネの隣に座った。

「ヒルネさま申し訳ありません。結局、泥だらけになってしまいました」

広げたエプロンで飛んでくる土をガードしていたジャンヌであったが、物量に負けてしょんぼりしている。

三人は衣をつけたコロッケみたいに泥まみれだった。

「次は頑張ります！」

むんと拳を握るジャンヌ。

「ジャンヌは元気ですね……」

「あなたの体力おかしいわよ……」

「メイドさんの元気を儂にも分けてくだせえ……」

ヒルネ、ホリー、疲れ果てて座っているじいさんが言う。

ジャンヌは顔を赤くして、バタバタと手を動かした。

「そんなことないと思いますよ？　私だって疲れたり……あれ？　あんまりしてないです」

自分が疲れ知らずと気づいて、ジャンヌが苦笑いした。

「ジャンヌが元気で私は嬉しいですよ。あ、そうだ。飲み物を村からもらってきてくれませんか？　さすがに喉が渇きました」

「わかりました！」

ジャンヌがうなずいて走っていった。

そして数秒後、「ヒールーネーさーまーっ！」と叫びながら、手に大きな何かを持って戻ってきた。

22.

「大変です！　シュガーマスカットの苗木が成長してます！」

先ほどまで両手サイズであった苗木が、今ではジャンヌとほぼ同じ高さになっていた。

小さい鉢はひび割れ、根っこがあちこちから生えている。

「なんだってぇ⁈」

じいさんが飛び起きて、ジャンヌに詰め寄った。

「おお……成長している……奇跡だ……奇跡だぁ！」

じいさんが大声で言って両手を上げ、何度も跳び上がった。

（シュガーマスカットが成長してる……私、そんな魔法使ってないけど……んん？）

ヒルネはシュガーマスカットの根元で寝ている存在に気がついた。

（あ、サボってた浄化魔法の分身）

そこには星屑の集合体であるミニヒルネが寝ていた。

ミニヒルネは視線に気づいたのか、ぱちんと星屑の鼻ちょうちんを弾けさせ、むくりと起き上がった。

ふああっ、とヒルネとまったく同じ動きで伸びをし、シュガーマスカットの幹へ目を向けた。

「これってヒルネさまの浄化魔法ですか？」

シュガーマスカットを持っているジャンヌが首をかしげる。

「ちっちゃいヒルネ……一人だけ残っていたの？　浄化魔法はもう切れているはずよね？」

ホリーがキラキラ光っているミニヒルネを覗き込んで、疑問を口にした。

そのときだった。

ミニヒルネはヒルネに笑いかけ、シュガーマスカットに吸い込まれるようにして入っていき、そのまま星屑となって霧散した。

「――あっ！」

ジャンヌが声を上げた。

シュガーマスカットの細い枝に小さな実がなり、むくむくと大きくなっていく。

パッ、パッと何度か星屑が舞って、実はやがて大きな一房のシュガーマスカットになった。

「実がなったわ！　見て、ヒルネ！」

ホリーが嬉しそうに指をさす。

ずっしりした実の重みで枝が五十度ほど垂れ下がった。

「本当ですね」

（私の意思を汲んでくれたのかな？　あの子はおサボりさんじゃなかったみたいだね……ありがとう……）

にっこり笑って、ヒルネは聖魔法でシュガーマスカットを収穫した。

「どんな味がするのでしょう？」

「シュガーマスカットォォォォ！　奇跡だぁ！　聖女さまの奇跡だ！」

じいさんは感極まっておいおい泣いた。

「さ、ホリーとジャンヌも食べてみましょう」

ヒルネがシュガーマスカットを取りやすいように差し出した。

「ヒルネさまとホリーさまは手が汚れております。私が食べさせてあげますね」

ジャンヌが笑顔でポケットからハンカチを出して自分の手を丁寧に拭き、ぷちりとシュガーマスカットの実を一個もいだ。

もいだ場所から果汁があふれ、甘い香りが広がっていく。

一個がピンポン玉ぐらいの大きさで、薄い緑色をしていた。

「はいヒルネさま、あーん」

「あーん」

流れるようなやり取りで、ヒルネの口の中にシュガーマスカットが入れられた。

「――――ッ！」

食べた瞬間、衝撃が走った。

（甘い！　マスカットの爽やかな風味に――噛むとジャリジャリお砂糖みたいな噛みごたえがする……！）

シュガーマスカットは糖度が高く、果実の中で糖分が凝固し、二割ほどが結晶になる。

噛むとジャリジャリした独特の感覚を楽しめるのだ。

「ヒルネ、どう?!　美味しい⁉　甘い⁉」

順番待ちのホリーは気になって仕方がない。

「おいひいです。あまひです」

もりもり口を動かすヒルネ。

飲み込むと「もういっちょ」と言って口を開けた。

「あーん」

ジャンヌが素早くシュガーマスカットをヒルネの口に放り込む。

(殿堂入りの美味しさ!　疲れたときの糖分って最高〜〜さいこ〜〜〜)

「ジャンヌもう一個。あーん」

「ちょっと!　私もその……食べたいんだけど……」

ホリーは声を上げてから急に恥ずかしくなってしまい、顔を赤くした。

ヒルネは笑ってジャンヌに目配せした。

「はいホリーさん、あーん」

「……あーん」

ホリーの口にもシュガーマスカットが投下された。

「――ッ!　――ッ!　――ッ!」

ホリーは電流が走ったかのように身体をびくりと震わせ、一心不乱にシュガーマスカットを咀(そ)

嚼し始めた。

「あま〜ひ！　おいひい！」

　顔をだらしなくゆるませ、ホリーが両手で頬を押さえる。

「ジャンヌも食べてください」

「はい！　ありがとうございます」

　ヒルネの言葉に、ジャンヌがシュガーマスカットを一粒もいで、口に入れた。

　ジャンヌは食べた経験があるからか、うんうんと満面の笑みでうなずいた。

「これでふ。甘くでジャリジャリするんでふ〜」

　大きな実を頬張りながら、ジャンヌが言った。

　しばらく三人でシュガーマスカットを食べていると、農家のじいさんがようやく泣き止んだのか、深々とヒルネとホリーに一礼した。

「ジャンヌ、おじいさんにもお一つ」

「はい」

　ジャンヌが笑顔でじいさんにシュガーマスカットを食べさせた。

　じいさんは「これだ、これだ」と言って泣いて、顔を袖で拭った。

「ありがとうごぜえます。聖女さまの奇跡を見て、儂は生きる希望が湧いてきました。シュガーマスカットはきっと復活します」

　じいさんが腕を離して顔を上げた。

「聖女さま……果樹園を浄化してくださって本当にありがとうごぜえます。これでまた色々な果実を栽培できます……」

ヒルネ、ホリー、ジャンヌはじいさんを見て顔を見合わせた。

三人は狐につままれたような表情をしている。

「ど、どうしたんですかい？」

じいさんが三人の反応を疑問に思った。

「い、いえ……その、おじいさんのお顔が……」

「失礼ですけれど……泥が……」

ジャンヌとホリーが頬に力を込めて笑いをこらえる。

ヒルネが指をさして腹を押さえた。

「ふふっ……袖で顔をこすったから……大変なことに……！」

泥で真っ黒になっていたじいさんの顔は、両目の部分だけ泥が取れ、絶妙な塩梅の滑稽フェイスになっていた。しかも目の下に涙の跡ができていて滑稽さに拍車がかかっている。

「ふふふ……ぷーっ！」

ヒルネが腹を抱えて笑いだした。

「あはははっ！　おじいさん変なお顔です～！」

「わ、笑っちゃ……ふふっ、失礼よ……ぷふっ」

ジャンヌとホリーもこらえきれず笑い始める。

じいさんはキョトンとした顔をし、自分の顔のせいだと気づくと恥ずかしげに頭をかいた。

「いやぁ、泥だらけで若返りましたかね？　ハーッハッハッハッ！」

じいさんは自分で言ってツボに入って大爆笑。

ヒルネ、ホリー、ジャンヌも笑いにつられて大笑い。

よく見れば自分たちの顔にも泥がついていて、服もほぼ真っ黒だ。

それにも気づき、ヒルネたちは互いの顔を指さして笑う。もうおかしさが止まらなかった。

しばらく果樹園には、三人の少女とじいさんの笑い声が響いた。

23.

シュガーマスカットを食べ、浄化した果樹園で大笑いしたヒルネ、ジャンヌ、ホリーは農家のじいさんの家に向かった。

湯を沸かしてもらい、身体についた泥を落とした。

（浄化魔法でも落とせるけど、気分的にね……ちゃんと洗いたいよね）

ジャンヌがてきぱきと身体を拭いてくれたので、すぐに綺麗になった。

念のため、自分とジャンヌとホリーに浄化魔法をかけておく。

聖女服は強めの浄化魔法で綺麗になった。

さっぱりすると、夕日が沈む頃になっていた。

三人はじいさんに勧められ、居間で水を飲んで、ミニベリーのジャムとパンをもらった。

「ヒルネさま。急いでイクセンダールに帰りましょう。街に結界を張るお仕事がございます」

ジャンヌがパンを一切れだけ食べて、神妙な様子で言った。

「ああ、大丈夫ですよ。一日ぐらいなら自動で結界が作動しますから」

「え……？」

目が点になるジャンヌ。

ホリーもこれには驚いた。

「嘘でしょ？　街にまるごと結界を張るだけでも驚きなんだけど……自動で結界が作動するの？　どういうこと？」

「大教会の女神像を起点にして結界は作動しています。それは知ってますよね？」

「ええ、そうよね」

「実はあの大教会って、超すごいんですよ。あ、お水——浄化」

ヒルネはじいさんが飲もうとしていた水を、さっと浄化した。

水は浄化すると美味しくなる。

じいさんは「ありがたや」とキラキラ光る星屑を見て、うまそうに水を飲んだ。

「どういうこと？」

ホリーが小首をかしげた。

「まず、女神像が魔力貯蔵庫になっているんです。あと、床に刻まれた魔法陣ですが……ジジさまに聞いたら、なんと四十層になっていて、聖魔法を最大限まで増幅させる働きがあるそうです」

「……大教会ってすごかったのね」

「今日出かける前に結界魔法を予約してきたので、ゆっくり帰っても平気ですよ」

都市級の聖魔法をテレビ番組の録画みたいに言うヒルネ。

(急ぐのイヤだしな～……私、移動中はホリーの太ももで寝るんだ……)

チラチラとホリーの足を見て、ヒルネはふああっとあくびをし、たっぷりジャムを塗ったパンをジャンヌに食べさせてもらった。

ホリーは自分の太ももが狙われているとは気づかず、「そんな機能が……だから教会は大教会にこだわっていたのね」とつぶやいている。

それからパンを食べながらしゃべっていると、果樹園の方角から歓声が聞こえた。

どうやら村人が浄化に気づいたらしい。

じいさんが家から飛び出していった。事情を説明するみたいだ。

(ふむ……これはお手伝いをしたほうがいいね。シュガーマスカットを早く食べたいし)

「私たちも行きましょうか」

ヒルネが立ち上がり、ジャンヌ、ホリーも後に続く。

果樹園は先ほどの浄化で穴だらけであったが、村人たちは瘴気の消滅に歓喜して皆で抱き合っていた。

「よかったですね、ヒルネさま」

「はい。とても」

ジャンヌの笑みに、ヒルネが笑顔を返す。

その後ろでホリーが恥ずかしげに、こほんと咳払いをした。

「ヒルネ……、その……ありがとね、手伝ってくれて」

そう言って、ホリーは顔をそむけた。

「友達ですからね」

ヒルネは可愛らしく肩をちょっと上げてみせた。

（友達っていいよね……前は一人もいなかったしさ……なんか、心があったかくなるよ）

前世は不幸の連続で思うように人付き合いのできなかったヒルネは、友達になってくれたホリーを見て微笑んだ。

（同じ聖女の友達がホリーでよかった……）

ヒルネが何度かまばたきをして、碧眼でホリーを見つめる。

こちらこそありがとう。そんな気持ちが伝わったのか、ホリーは頬を赤くして、せわしなく髪を撫でた。

「別にっ、一人でも浄化できたんだけどね！　私のほうが聖魔法が得意なんだから！」

そう言ってホリーはぷいと完全にヒルネから顔をそむけた。

ジャンヌは二人の会話を聞いてニコニコしている。

「皆さんが喜んでくれてよかったです」

「そうね……」

ヒルネの言葉にホリーがうなずいた。

しばらくヒルネたちが喜んでいる村人たちを見ていると、兵士が一人走ってきた。

「ヒルネさま、ホリーさま。ワンダさまがお迎えにいらっしゃいました。心配されているご様子なので、お早めにお戻りいただきますようお願い申し上げます」

若い兵士が笑顔で言った。

「心配かけちゃいましたかね？」

ヒルネが村の方向を見ると、ジャンヌがうなずいた。

「ワンダさまはいつもヒルネさまを心配しておいでですよ？」

「それにしては罰則が多いような気が……」

「それはあなたが規則破りばかりするからよ。さ、行きましょう」

ホリーがワンダの待っている村へと歩き出した。

ヒルネとジャンヌも後を追う。

（あ、そうそう。やり忘れちゃいけないよ。お手伝い）

ヒルネは足を止め、果樹園に向き直って地面に両手をついた。

「ヒルネさま？」

ジャンヌが首をかしげる。

（栄養を注入するイメージで治癒を使おう。前に王都で使ったときみたいに――集中して――）

ヒルネが目を閉じると、魔法陣が出現し、星屑がバラバラと飛び出して渦を巻いた。

（聖句は脳内詠唱で――）

広大な面積に栄養注入するため、しっかりと頭の中で聖句を唱えていく。

（よし！　果樹園を治癒――！）

ヒルネを中心に渦巻いていた星屑が一斉に空へ飛び出した。

キラキラと空中を滑空して、シャワーのように果樹園に治癒の星屑が降り注ぐ。

「わあ！　すごい！」

「毎回驚かされるわ……！」

ジャンヌ、ホリーが星屑のシャワーを見上げる。

金色と銀色のきらめきが空を埋め尽くし、世界が輝いた。

（おっ、自分でもいい感じなのがわかる――）

ヒルネは果樹園がもとの姿に戻っていく様子を手に取るように理解した。

倒木は起き上がり、枯れていた果樹が瑞々（みずみず）しさを取り戻していく。

『ありがとう――ありがとう――』

果樹園の木々からそんな声が聞こえた気がした。

（こちらこそ、美味しいシュガーマスカットをありがとう）

ヒルネは果樹園に礼を言う。

「星屑だ！」「木がもとに戻っていくぞ！」「大聖女さまの奇跡だ！」

村人たちは大歓声を上げて星屑の下で踊り、泣きながら笑って、誰彼構わず抱き合って喜びを分かち合った。

「果樹園が復活した！」

ヒルネたちを手伝った農家のじいさんは、何度も跳び上がっていた。ご年配だが、かなりの跳躍力だ。この世界にギネスがあったら認定されているに違いない。

「聖女さま万歳！　聖女さまありがとうございます！」

ヒルネは果樹園の木々が元通りになったのを見届け、魔法を止めた。

「これでよし。次来るときはすべての果実をいただくこととしましょう」

そんな捨てゼリフを残し、ヒルネは特大のあくびをした。

眠気でふらふらと横にいるジャンヌに寄りかかった。

「ヒルネさま⁈　大丈夫ですか？」

ジャンヌが素早くヒルネを抱きかかえた。

「朝から動いていたので……ふあああぁぁぁあぁぁぁあぁっ……あっふ……眠気が……」

「ほら、こっちにもつかまって」

ホリーがジャンヌとは反対側からヒルネを支えた。

「ふあっ……馬車の中で、ホリーの膝枕がないと……私は……きっと寝てしまうでしょう……」

「結局寝るんじゃないの」

ホリーが苦笑する。

「そうとも言えます……あっふ……」

「仕方ないわね。ほら、ワンダさまが待っているから行きましょう」

ヒルネはジャンヌとホリーに抱えられ、村に戻り、ワンダを加えて四人で馬車に乗り込んだ。

ワンダはヒルネたちを見て安堵のため息をついた。

仕事を後回しにしてでもヒルネに同行すべきだったと思っているようだ。

「んふふ……もちもち……」

「もちもち言わない」

念願であったホリーの太ももに顔をうずめると、ヒルネは気持ちよく眠りについた。


この日を境に〝地中に根を張る瘴気〟という有益な情報が共有され、果樹園や農場の、浄化作業の効率が大幅に向上する。居眠り大聖女の伝説がまた歴史の一ページに刻まれたわけだが、本人にはまったくその自覚はなかった。

「……ますかっと……じゃりじゃり……あみゃい……」

むにゃむにゃ寝言を言っているヒルネを見て、ホリー、ジャンヌ、ワンダは顔を見合わせて、くすりと笑った。

24.

夕日が沈み、薄闇が夜に変わった。

鉄と煙の街イクセンダールは眠らない。

大聖女ヒルネが就任してからも街の灯は消えることがなく、工業地区ではカンカンと鉄を打つ音が響いている。夜空には、赤く照らされた黒い煙が幾筋も立ちのぼっていた。

人々は光彩を放つ結界と黒煙を見上げ、瘴気の脅威から街を守る大聖女ヒルネを讃（たた）える。

瘴気なき夜に乾杯。

大聖女ヒルネに乾杯。

飽きることなく何度も盃（さかずき）を交わしていた。

「……うぅん……大教会が…………焼き芋にぃ…………」

そんな眠らない辺境都市――深夜二時。

大きなベッドの上でうなされている少女がいた。

大教会、焼き芋。何の夢を見ているのだろうか。

少女は長いプラチナブロンドをベッドの外へと流し、隣にいる水色髪の美人な少女に抱き着いている。

「ホリーがぁ……焼き芋にぃ……」

本当に何の夢を見ているのだろうか。

抱き着かれた水色髪の少女は幸せな夢を見ているのか、ぐっすり眠っている。

「……お芋が……焼けてしまうぅ……」

金髪の少女、大聖女ヒルネは寝言をつぶやき、ごしごしと水色髪のホリーの寝巻きに顔をこすりつける。

（焼き芋が……鐘になって……あれ、女神ソフィアさま……？）

ヒルネは夢の中で、女神ソフィアの姿を見た。


豪奢な金髪をキラキラと輝かせ、慈愛に満ちた表情を浮かべている女神ソフィアが、宙に浮いたまま指をさしていた。

そちらへ視線を向けると、蜃気楼（しんきろう）のような情景の中に白い時計塔が建っているのが見えた。

時計塔の屋根には丸みを帯びた大きな鐘があり、ゆっくりとスローモーションのように鐘が揺れ、カラーン、カラーンと美しい音色を響かせている。

女神ソフィアが腕を動かすと時計塔は消え、次に黒い煙を出す工場が映し出された。

こちらの工場ではカーン、カーンという、金属をハンマーで叩く無骨な音が響いている。

映像が工場内部を映し出すと、溶岩のように赤く燃えた鉱石が型に流し込まれていた。

ヒルネは女神ソフィアに話しかける。

なぜ私にこの映像を見せるのですか、と。

女神ソフィアはにこりと笑い、答えを言わずに、星屑となって空中へと消えていった。


「待って女神さま……一緒にお昼寝を――」

ヒルネは目を開けた。

目の前に不思議な情景はなく、大教会の天井が見えた。

「夢か……変な夢だったなぁ……んん？　もう朝……？　あれ、夜？」

ふああっ、とヒルネはあくびをして、月明かりを頼りに両隣を見た。

右側にはポニーテールをほどいたジャンヌ。

左側にはホリーが眠っている。

抱き着いたままのヒルネはやわらかいホリーの肩に頬を押し付けて、すんと鼻から息を吸った。

（ホリーの身体あったかい……って、そうじゃなくって……）

ヒルネは天井を見上げた。

未完成の大教会は急ピッチで改築が進められている。

高級素材の聖水晶（セントクォーツ）が外壁に使われており、七割ほど修復されている。天井とそこに続く部分は古いままで、新しい部分と古い部分の違いが色ではっきりとわかった。

ヒルネは今の状態が白昼夢ではないと確認し、何度がまばたきをした。

（私、この世界に来て、初めて夜に起きてしまった……）

なんということだと、ヒルネは口を開けた。

毎日あれだけ眠い眠い言っているのに、眠りの途中で起きた自分に驚く。

原因を探るべく、二人を起こさないようにゆっくり起き上がってベッドからそっと出た。

靴を履いて、足音を立てないよう、ひたひたと聖句の刻まれた床を歩く。

何枚ものレースをくぐると、大教会の奥に設置されている女神像が優しいまなざしで見下ろしている姿が目に入った。

（夜の雰囲気に慣れないね……そういえば、夜起きてたのって聖女見習いのときぐらいか……）

王都の教会にあるジュエリーアップルを思い出した。

ああ、あのジューシーなリンゴっぽい旨味が美味しかったな。そんなことを思いつつ、ヒルネはすんと鼻を鳴らした。

「なんか臭い。おこげの匂いがする」

すんすんと小さな鼻を鳴らし、ヒルネは顎を上げて匂いのする方向へと足を向けた。

外壁へと向かい、窓を開けてみる。

南方地域特有の生ぬるい風が吹き抜けた。

焦げ臭さが風に乗っている。

（街から匂ってるのかな？）

騒ぎになっているわけでもなく、火事が起きているとか、そういうわけではなさそうだ。

「街に行こう。臭くて眠れない」

安眠を妨げられてはたまらない。

ヒルネは照明の聖魔法を使って足元を照らし、大教会の奥の部屋で一般市民の洋服に着替えた。

変装のつもりだ。

（うーん、小腹がすいたね。おやつが必要だよ……）

お気楽な大聖女は平たいお腹をさすって、大教会から抜け出して芝生の丘を下り、南方支部教会の調理場へと忍びこんだ。

（お目当てのブツは……あったあった……）

調理場の冷蔵室には、瑞々しいシュガーマスカットが並んでいる。

果樹園を浄化し、聖魔法で元通りにしてから、すぐに木が実をつけ始めた。大聖女ヒルネへのお布施ということで、毎日果樹園からはシュガーマスカットが送られてくる。

いずれ街にも流通が始まるとのことで、聖職者や市民は大喜びであった。

ちなみに、果樹園の村は昔からメフィスト星教の教会設置に乗り気でなかったが、今では大きな教会を建てたいと張り切っている。ヒルネの知らないところで、メフィスト星教の信仰開拓は進んでいた。

（いつ見ても美味しそうですねぇ）

何も知らない居眠り大聖女は、シュガーマスカットを見て笑みを浮かべた。

「異世界エヴァーソフィアの大泥棒とは私のことですよ……くくく……」

夜中に起きてテンションがバグっているヒルネ。

調理場担当の聖職者を起こして「一つください」と頼めば快く譲ってもらえるのだが、どうにも小市民根性が抜けない。夜中に起きて、ああ～太っちゃうかもなぁ、と罪悪感にさいなまれながら、冷蔵庫を開けて安いプリンを食べるノリである。

静まりかえる調理場でシュガーマスカットの実をつまんだ。

「あまぁい」

口に放り込むと、ジャリジャリと糖分の結晶の歯ごたえがあり、甘味が口全体に広がった。

何個か食べて満足すると、ハンカチを広げて、その上にもいだ実を載せていく。ハンカチの四隅を持って持ち上げて袋代わりにし、市民服のポケットにねじこんだ。

ポケットはパンパンである。

「おやつゲット」

ヒルネはこそこそと調理場から出て教会の外へ向かうと、浮遊の聖魔法を使った。

軽々と塀を飛び越える。

メフィスト星教南方支部の敷地内から出て、人目につかない路地に着地した。

「……ふう」

(あまり目立つと大聖女だってバレちゃうからね)

一般市民の服装であるが、どこからどう見ても大聖女ヒルネだとバレバレであった。

醸し出すオーラ、精巧なドールのような相貌、月明かりで煌めく長いプラチナブロンド。

絵姿が街中に出回っている今、ヒルネを見て大聖女ヒルネだと気づかないのはよほど鈍感な人間である。

（一般市民として街を歩くのはいいね）

本人はいたって真剣だ。

毎日美少女の自分を鏡で見て見慣れてきたというのもあるし、いまだに現実味がないなと感じるところもあり、感覚が麻痺していた。

（大聖女が夜中に散歩とか、ワンダさんに見つかったら……お説教二時間コースだね）

説教中に居眠りを耐えるのはなかなかにつらい。

ヒルネは夜のイクセンダールを足早に歩きながら、街を観察した。

（対魔物との戦いに特化した街って感じだよね。鉄板であちこち補強してあるし、オシャレなお店とかゼロだし……）

シュガーマスカットをジャリジャリと食べながら街を歩く。

イクセンダールには堅牢で実用的な店しか存在しない。

毎夜、魔物に攻められてきたイクセンダールは生きるのに精いっぱいであった。独自の文化が芽吹かなかったのは、瘴気の多い南方地域の宿命である。

ヒルネは金髪を揺らめかせながら、鼻を鳴らして焦げた匂いのする方向へと進んでいく。

街の北へと進むと、住宅街から、製鉄所や鍛冶場が集合している工業地区に入った。

たいまつの光で周囲は明るく、もくもくと黒煙が上がっている。

（原因はこれかぁ……）

ヒルネは鼻をつまんで「くちゃい」とつぶやく。

鉄を叩く音。

夜中の二時だというのに、周囲は昼のように明るい。

（火を大量に燃やして鉄を作ってるって話だったよね……大量の落ち葉を燃やしたような匂いがする……）

魔石炭の燃える匂いが地区に充満している。

（北から南に風が吹いてるから匂いが大教会に直撃……今まで気づかなかったのは風向きのおかげみたいだね）

製鉄所の窓から光がこぼれ、カーン、カーンと甲高い金属音が規則的に響いている。

そこでふと、ヒルネは先ほどの夢を思い出した。

（そういえば……さっき女神さまが出てきた夢と同じ場所だ。この音も一緒だよね……間違いない）

蜃気楼を見るような不思議な情景の中に、製鉄所が出てきた。

それに時計塔も。

ヒルネはワンダとジジトリアが以前に話していたことも思い出した。

（昔のイクセンダールには時計塔があって、大きな鐘が朝昼晩三回鳴っていたらしいんだよね。市民の人たちは鐘の音色とともに生活をしていたとか……）

女神ソフィアが見せた時計塔と製鉄所。

無関係であるとはまったく思えず、ヒルネはうーむと唸った。

鼻をつまんだまま顔を上げ、もくもくと上がる黒煙を眺めて考える。

ついでに空いている手でポケットからシュガーマスカットを一粒出して、じゃりじゃりと食べた。

「あみゃい」

食べながら感想を言い、女神ソフィアの崇高な考えなど自分がわかるはずもないと思い直し、ひとまず目の前にある問題を片付けることにした。

南方の大聖女として、どのみち黒い煙の問題は解決しようと思っていたのだ。

ごくりとシュガーマスカットを飲み込み、一つうなずいた。

(煙は仕方ないにせよ、こんな時間までお仕事してるのは労働基準法違反でブラックだよ)

ヒルネは半目になって、じっとりした目線を製鉄所へ向けた。

「夜中の二時まで働くとは言語道断でぇす。辺境都市イクセンダールはホワイトに生まれ変わるのでぇす」

深夜のテンションだろうか。

鼻をつまんだまま変な声を上げるヒルネ。

「たのもう」と宣言して、製鉄所の大きな扉を開けた。

奇(く)しくもヒルネが向かった先は、イクセンダールの代名詞とも言える、辺境都市最大の製鉄所であった。

25.

ヒルネは焦げた臭いの原因を探るべく、辺境都市最大の製鉄所『モルグール製鉄所』へと入った。

大きな扉は重かったが、聖魔法を使って一人分の隙間を作った。

製鉄所内部は暑く、空気が薄く感じた。

(暑いね……鉄を燃やしてるから当然か……。おっ、あれが製鉄の装置だね。おっきいなぁ)

中心部にある製鉄の装置を見上げた。

シャツを腕まくりした職人たちが、懸命に作業をしている。

黒い石を手押しの一輪車で運び、炎の燃える装置の下部へと放り込んでいた。

「温度が足らねえぞ！　もっと魔石炭を入れろ！」

ここの親方らしき人物が叫ぶと、「おう！」という返事が響く。

(特大の炉に魔石炭を入れて、その上で鉄の原料を燃やす――)

ヒルネは製鉄装置の下部へ視線を送り、続いて上部へと移す。さらに横へと顔を動かした。

(液状になった鉄があそこを流れて……型に流し込んで、鉄になると)

鉄は大きく分けて二種類。

正方形と、棒状に形成されていた。

棒状のタイプは型から取り出し、カンカンとハンマーで叩かれ、角材のような形へと変えるらしい。

（へえ……なんでハンマーで叩いてるんだろ。叩かずに型に流し込んで、角材の形に変えちゃえばいいのに）

ヒルネは働いている数百人の職人を眺める。

皆がせわしなく動いていた。

（それにしても、黒い煙がひどいね。換気しきれてなくて天井に滞留してるみたい）

もくもくと煙がそこかしこから上がっている。

落ち葉を燃やしたような臭いが充満していた。

「よぉし！　２班は休憩！　ごほっ、ごほっ」

親方らしき職人が指示を出す。

咳込んでいるのは煙のせいであろうか。

ヒルネはふあっとあくびを一つして、ごしごしと目をこすりながら装置へと近づいた。

近づくと熱気を肌で感じる。じわりと身体から汗が出てきた。

（魔石炭からはそんなに煙が出てない。問題は……鉄鉱石、ってやつなのかな？）

じっと製鉄装置を見上げていると、指示を出して回っていた親方らしき職人がヒルネを見つけ、顔を怒らせて、大股で近づいてきた。

「こらこら！　こんな時間に子どもが何やってんだ！」

（あ、怒られそうだ。やっぱり一般人姿だと無理があったかな……？）

ぼんやりとそんなことを思い、親方らしき職人を見上げる。

彼は丈夫そうな半袖シャツを着ており、シャツの袖からは太い腕が伸びている。

腕にはやけどの痕が無数にあった。

年齢は四十代半ばに見え、大きな顔には深いしわが刻まれている。

「危ねえから離れろ。お嬢ちゃんがケガをしたら――あっ」

何かに気づいた彼は、ヒルネを間近で見て固まった。

星海のような青い瞳、整った顔、膝まである長い金髪――。

お忍びで街に出没すると最近噂の、大聖女ヒルネである。

昨日飲み屋で見た絵姿と同じだ。

街では「うちの店に来てくれたら、大聖女だって気づかないふりをするんだ」と皆が口を揃えて言っている。大聖女は市民を心配して時間を削って見回りをしている、というのが市民全員の見解であった。

彼は「製鉄所には来るはずもねえよ。がっはっは！」と昨日、大爆笑したばかりなのだ。

「…………」

数百人の部下を従える彼も、大聖女出現のサプライズには言葉が出ない。

キラキラした瞳を見ていると、今すぐにでもひざまずいて、街を救ってくれてありがとうございますと聖印を切りたくなった。

「勝手に入ってしまい、申し訳ありません」

一方、とりあえず謝ってみるヒルネ。

計画性ゼロである。

（偉い方かな？　安眠のために製鉄装置を見せてもらいたいなぁ）

親方らしき職人はヒルネの声で、どうにか聖印を切るのを我慢した。

「……お嬢ちゃん、どうして製鉄所に来たんだ？　ここは危ないところだぞ」

「えっと、社会見学の一環として、来ました」

「そうかそうか。ふむ。それじゃあ、また明日の朝に来なさい。もう夜も遅いからな」

親方らしき職人は笑顔を作って、腰を折ってヒルネに目線を合わせた。

「そういうわけにもいきません。今でないとダメなんです」

下唇を出し、両手を腰に当てるヒルネ。

大聖女にそう言い切られては何も言えない。重大な事情があるのかと、彼は真剣な表情を作った。

「わかりまし……わかった。じゃあおじさんが案内してあげよう」

「はい。突然の来訪、申し訳ございません。よろしくお願いいたします」

（いい人でよかった。子どもでも案内してくれるんだね）

大聖女だからなのであるが、ヒルネはいまいちわかっていない。

「私はメフィスト星教南方支部……の、近くに住んでいる……ええっと名前は……マクラと申します。あなたのお名前はなんですか？」

咄嗟の判断で、自分の名前をマクラと言う大聖女。

親方らしき職人は製鉄一筋でやってきた人間だ。腹芸は苦手である。大げさに、ああ、とうなずいた。ぎこちない。

「俺は製鉄所の親方、ズグリってもんだ。よろしく」

「ズグリ親方ですね。あらためまして、よろしくお願いいたします」

ぺこりと一礼され、親方は顔をほころばせた。

大聖女であるのに偉そうな素振りもせず、礼儀正しい子どもである。女神ソフィアの分身だと皆が囁いているのがよくわかった。

それに、この少女と話していると、不思議と心が穏やかな気持ちになってくる。

ズグリ親方は自然な笑みを浮かべ、ヒルネ――もとい、マクラを見つめた。

「マクラお嬢ちゃんよ、どこが見たいんだ？」

「もくもくとしているところが見たいです」

（まずは中心部だよね）

ズグリ親方がうなずいて、ヒルネを案内する。

他の職人たちは親方が金髪の少女を連れていることに驚き、さらにそれが噂の大聖女だと気づいて仰天した。

もちろん、皆、顔には出さない。

事情を察し、颯爽と自分の仕事へと戻っていく。

大聖女お忍びで来たる――という情報は一瞬で製鉄所中へと伝言された。

「ごほっ、ごほっ――」

「あら、風邪ですか？」

ヒルネは咳き込む親方を心配した。かなり苦しそうだ。

「そうじゃねえよ。これは製鉄職人の勲章ってやつだ」

「勲章、ですか？」

「そうだ」

ズグリ親方は製鉄装置の中心部への階段を上りながら、途中設置されている給水所で木製の水筒を取り、笑みを浮かべてヒルネに手渡した。

「暑いだろう？　水分をちゃんと取るんだ。塩も舐めておきなさい」

「ありがとうございます」

ヒルネは素直に受け取って、竹筒っぽい水筒を開けて、水を飲んだ。

（喉が渇いてたから沁みる～。お塩も指につけて……）

給水所の横にある塩を山盛りにした皿から一つまみ取り、ぺろりと舐めた。

しょっぱいが美味しい。

さらに水を飲んでおく。ついでにポケットに入っていたシュガーマスカットを出して、ズグリ親方に差し出した。

「こちらをどうぞ。最後の一つです」

「最後の？　いいのか？」

「はい。私は来る途中にたくさん食べましたから」

（ズグリ親方はいい人だからね。ぜひ食べてほしいよ）

ヒルネから黄緑色のシュガーマスカットを一粒受け取り、ズグリ親方は口へ放り込んだ。

咀嚼すると、じゃりじゃりと音がして甘さが口に広がる。

シュガーマスカットを食べたのは辺境都市が瘴気に汚染されておらず、流通していた以来だ。もう五年ぐらい前か、とズグリ親方は思う。

「……美味いなぁ……」

「ですよね。とっても美味しいです」

ヒルネがニコニコと笑うと、ズグリ親方もつられて笑った。

水を飲んだヒルネは水筒を使用済みの籠に入れ、ズグリ親方の後についていく。

製鉄装置の中心部に到着すると、周囲は炎と鉄が燃える暑さで灼熱地獄だった。

（暑いね……とんでもなく……）

だらだらと汗が零れ落ちる。

夜中なのに製鉄所が明るい理由がよくわかった。

「鉄が溶けるとまぶしいんですね。赤くて、どろっとしてて、向こうに流れていきます」

「そうだな」

液状になり、真っ赤に燃えている鉄が流れていく。

黒煙は絶え間なく上がっていた。

「煙いですね。けほっ、けほっ」

「あまり吸い込むんじゃねえぞ。俺たちみたいになっちまうからな」

「皆さんは、煙のせいで病気なのですか？」

ヒルネの質問に、ズグリ親方が目をそらし、流れる鉄を見つめて腕を組んだ。

「病気ってわけじゃねえと思うぞ。肺が燃えちまう、って俺たちは言っている。長い期間連続で働くと、咳が止まらなくなるんだ」

そうつぶやき、ズグリ親方は目を細めて、戻ってこない何かを探すように天井を見上げた。

「辺境都市で採れる鉄鉱石は不純物が多い。製鉄しても質が悪くて、安く買い叩かれちまう。だからこうして夜中まで働いて、たくさん売らなきゃならねえ。わかるか？」

「仕入れ値と出荷値があまり変わらないんですね？　要はたくさん売らないと儲からない……そういうことですか？」

「そうだ。賢いな、マクラお嬢ちゃんは」

ズグリ親方はつい親戚の子どもと話している気分になり、ヒルネの頭を撫でた。

「ありがとうございます。でも、どうにかしないといけない問題ですね」

ヒルネが上目遣いでズグリ親方を見上げると、彼はパッと手を離した。

「すまねえ」

「何がですか？」

んん？　とヒルネが首をひねる。

特に悪いことはされていない。むしろ、親切で心地いいぐらいだ。

「おお、そうか……」

ズグリ親方は首を縦に振り、上がり続けている黒煙を見て、寂しげな顔つきになった。

「俺は……この、黒い煙が嫌いだ」

ズグリ親方はぽつりとつぶやき、ふっ、と笑った。

「すまねえな。マクラお嬢ちゃんにこんなこと言ったって、しょうがねえんだけどよ」

「いえ、そんな事情があったと知らず、煙を臭いなどと言ってしまいました。ごめんなさい」

ヒルネは頭を下げた。

前世で働いていた頃の自分が思い出されてならない。

ブラック企業では働いても働いても給料が上がらなかった。身体は疲れ、心も疲れ、いつしか希望を失ってしまう。それでも働き続けた。

きっと製鉄所の職人も同じだ。どんなにつらくとも、生きるため、家族のために夜中まで一生懸命にハンマーを振るい、魔石炭を燃やして、鉄を作っているのだ。

「大聖女さまが来る前は、あいつらの顔はもっと暗かったよ。だから、大聖女さまには心から感謝してるんだ」

ズグリ親方が職人たちを見やり、製鉄所の煤で黒くなった顔にたくさんのしわを作って笑った。

「そうですか……」

（何かできることはないかな……）

ヒルネは大きな瞳をズグリ親方へと向けた。

26.

（鉄鉱石は不純物が多いって言っていたよね？　それなら、鉄鉱石に原因があるのかなぁ。魔石炭からも煙は出ていそうだけど）

ヒルネはふうと息を吐き、暑さで垂れてくる汗を拭った。

「ズグリ親方、鉄鉱石を燃やすと黒い煙が出るんですよね？」

「ああ、そうだ」

「魔石炭はどうなのですか？　煙は出ますか？」

「魔石炭はほとんど出ねえよ。そういう鉱物だからな」

ズグリ親方は、ちょうど手押し一輪車で魔石炭を運んできた職人に「一つもらうぜ」と断りを入れ、ひょいと手にとった。

職人は親方とヒルネを見て、この製鉄所に何が起きるのだろうと、いつもより時間をかけて炉へ魔石炭をくべる。二人が何を話しているか気になるみたいだ。

「マクラお嬢ちゃん、見てみろ」

「はい」

ズグリ親方がしゃがみこんで、魔石炭をヒルネへ見せた。

魔石炭の大きさは男性の手のひらサイズで、綺麗な十六面体だ。

（なんかこういう観賞用の石がありそうだね。燃やしちゃうにはちょっともったいない気が……あっ、中で魔力が動いてる）

「火の魔力が内包されているんですか？」

「さすがはお嬢ちゃんだ」

ズグリ親方がうなずいた。

「こいつは一定の温度まで上がると一気に燃える。燃焼の継続力も強い」

そう説明し、ズグリ親方は立ち上がって、職人が手押し一輪車の魔石炭を入れ終わった横で、手慣れた様子で魔石炭を炎の中に投げ入れた。

ぼう、と大きな炎が揺らぐ。

「次は四分の三でいいぞ。ペースは維持しろ」

「おう！」

職人の男が威勢よく返事をし、ヒルネを何度か見て去っていった。

（やっぱり鉄鉱石に問題がありそうだね）

「ズグリ親方、鉄鉱石を見せていただいてもよろしいですか」

「いいぞ。ここは暑いからな。早く移動するか」

「はい」

ふう、とヒルネはシャツの袖で額の汗を拭う。

全身から汗が出ていてシャツがべっとりしていた。

(拭いてもあんまり意味ないね)

ズグリ親方の後に続いて先ほどの階段を戻り、途中で給水して、今度は製鉄所の奥にある階段を上った。

階段は鉄製なので、歩くとカンカンと音が鳴る。

煙が近くなって、鼻の奥を焦げた臭いが刺してくる。

「大丈夫か?」

心配げにズグリ親方がヒルネの顔を見る。

「はい、大丈夫です」

鉄鉱石の保管所に到着した。

製鉄装置の上部に位置している。

手すりの隙間から下を見ると、製鉄所全体が見えた。

(壮観だね。何百人も働いてるんだ……)

職人たちが各自の持ち場で懸命に働いている。

視線を鉄鉱石の保管所へ戻すと、滑り台のようなレーンが設置されていた。ここから鉄鉱石を中心部へと流すようだ。職人たちはハンマーで鉄鉱石を割り、大きな秤(はかり)で重さを計測してから、レーンへ流している。ごろんごろんと大きな塊が転がっていくのは、見ていて飽きない。

ヒルネは保管所の奥へ視線を移した。

（あっちから鉄鉱石を搬入してるのか）

男たちが「おーえい、おーえい」と掛け声をして滑車を引き、大量の鉄鉱石が入った箱を所定の位置へと上げている。

（わざわざ下から上に上げるんだ。大変そうだな）

「外から中へ運んでいるんですね？」

「そうだ。外に噴水が見えるだろ？」

「噴水？」

ヒルネは窓から外を眺めた。

中庭らしき場所に大きな噴水があり、そこから水を汲み入れて、鉄鉱石を洗浄していた。

「鉄鉱石は一度洗ってから燃やすんですか……。へえ」

「水洗いしないと、とてもじゃねえが燃やせないんだ。表面に汚れがついている。地下から採取したまま燃やすと、どす黒い煙が出るんだよ」

「なるほど……」

ヒルネは聖句を脳内で唱え、魔力感知の聖魔法を行使した。

キラリとヒルネの両目で星屑が光る。

「……」

ズグリ親方は気づかぬふりをして、ヒルネと製鉄装置の間を見やった。

（うん……？　なーんか鉄鉱石の表面にいやーな感じのものが引っ付いてる気がする）

微々たる反応ではあるが、ヒルネは鉄鉱石からの反応を感じた。

鉄鉱石をハンマーで割っている職人のもとへ近づき、頭を下げた。

「ちょっと失礼しますね」

「あ……どうぞどうぞ」

職人たちが恐縮した様子で手を差し出す。

（みんないい人たちだよね。感謝しないと）

ヒルネは鉄鉱石を一つ手に持とうとした。

「っ……！」

（重たっ！）

全然持てなかった。

小さい鉄鉱石を探して、今度こそ手のひらに乗せる。

（さぁて、どれどれ……）

感知の聖魔法を使ったまま、じっと鉄鉱石を見つめる。

（んん……なんか、小さくて見えないな。何かがくっついてるんだけど……瘴気っぽい……？）

「ズグリ親方、ちょっと持っててもらえますか？」

ヒルネは鉄鉱石をズグリ親方へ渡した。

「あ、私の目線まで下げてください」

「こうか？」

「もうちょっと下です。あ、そうそう、そんな感じです」

「おう」

鉄鉱石は鈍い銀色の光を放っている。

ズグリ親方は中腰になり、両手で鉄鉱石をヒルネへ差し出した格好になった。

ヒルネは手で丸印を作り、眼鏡のように両目へ当てた。

（魔力感知、よく見えーるアイズ）

ヒルネの足元に魔法陣が輝き、キラキラと星屑が跳ねる。

「――ッ」

ズグリ親方は突然の魔法陣に驚き、声を上げそうになっている部下たちに「しーっ」と黙らせるジェスチャーをした。

（微粒子になった瘴気だ！　鉄鉱石にへばりついてる……！　これは誰も気づかないよ）

ヒルネの目には、鉄鉱石が拡大されて見えていた。

アメーバのような瘴気が鉄鉱石の表面に張り付いている。

（そういえば王都の瘴気はトゲトゲだったけど、南方はどろっとした瘴気だよね……。ま、それはいいとして……）

ヒルネは聖魔法を切ってズグリ親方を見上げた。

魔法陣が消え、星屑の残滓がふわりと空中へ霧散していく。

「ズグリ親方」

「お、おう。なんだ？　魔法陣なんて見てないぞ」

親方は嘘が下手すぎた。

「魔法陣？　それよりも、試したいことがあるのですが、よろしいですか？　今後の製鉄所の活動に大きく関わることです。皆さんの安眠と健康が、大きく改善するかもしれません」

「それは……どういうことだ？」

「企業秘密です」

「なんだぁ、それは？」

「騙されたと思って、皆さん、後ろを向いてくださいな」

さあさあとヒルネがズグリ親方、職人たちの手を引いて回れ右をさせる。

「あ、目も閉じてくださいね」

（この鉄鉱石の山にするか……）

ヒルネは保管所に積まれた鉄鉱石を見て、両手を広げた。

（聖句省略……聖魔法……浄化！）

カッ、と魔法陣が展開され、星屑が楽しげにヒルネから躍り出た。

ヒルネが指示を出すとキラキラと輝きながら星屑が鉄鉱石へと吸い込まれていく。

（よく見えーるアイズ！）

ヒルネは両手を眼鏡にして、鉄鉱石を観察した。

じわじわと瘴気が消えていく。

浄化魔法のおかげなのか、鉄鉱石に含まれていた不純物も消滅していった。

(これでいいかな)

ヒルネは腕を下ろし、ズグリ親方たちに「もういいですよ」と声を上げた。

言いつけどおり彼らは目を閉じていたが、聖魔法の輝きに目を開け、初めて見る浄化魔法に感激した。感動を顔に出さないように、互いに視線を飛ばし合っている。この光が辺境都市を守っていると思うと、感慨深いものがあった。

他で作業している職人たちにも、その光は見えていた。

ハンマーを持つ者、魔石炭を運ぶ者、装置の管理をしている者、皆が手を止めて鉄鉱石保管所を見上げている。

「では、秘密のおまじないをしたので、この鉄鉱石を溶かしてみてください」

「おまじない、か」

ズグリ親方が笑みを浮かべ、中腰になってヒルネへ目線を合わせた。

「はい。特別なものですよ」

ヒルネもニコニコと笑う。

「よぉしおまえら！　マクラお嬢ちゃんのまじないがかかった鉄鉱石だ！　運べ！」

鉄鉱石管理をしている職人たちから「おう！」という声が上がる。

何かが起きる。そんな予感が皆の心に広がっていた。

（さてさて、うまくいくといいけど……）

ヒルネはごろごろとレーンを転がっていく鉄鉱石を見つめる。

「三番に切り替えろ！」

ズグリ親方の指示で、レーンの切り替え装置が動き、三番炉にヒルネ製鉄鉱石が落ちた。

（さあ、どうだ……！）

「出力上げろぉ！　三番炉に集中しろ！」

指示が飛んで、魔石炭が追加される。

しばらくじっと様子を見守っていると、徐々に鉄鉱石が赤くなり、やがてどろっとした液状へと変形した。レーンへの入り口が開き、液状になった鉄鉱石が型へと流し込まれていく。

「……黒い煙は、どうでしたか？」

ヒルネはズグリ親方を見上げる。

彼はその声で我に返り、ぶるりと身体を震わせた。

「……出てなかったな……」

「そうですか。成功ですね」

（あの煙は瘴気のせいだったみたいだね……職人さんがたまに咳をするのも、微粒子になった瘴気が肺に入ったせいかな……？　それとも炎で燃やされた瘴気が健康に害のある不純物を生み出すとか？）

ヒルネが考えている横で、ズグリ親方は目を閉じて身体を震わせていた。

長年悩み続けていた煙の原因が大聖女によって明らかにされ、部下たちを働かせていいのかという不安、このままだと皆の具合が悪くならないかという懸念、そして、肺を悪くして死んでしまった息子のことを思い出した。もう、未知の原因に怯えなくていいのかと思うと、心の霧が晴れていった。

ズグリ親方がヒルネを見下ろす。

「……」

わずか十歳の少女は、製鉄所の謎をいとも簡単に解いてしまった。

ズグリ親方はヒルネに出逢えた幸運を、心の中で女神ソフィアに祈った。

「……マクラお嬢ちゃん、ありがとよ」

「何がですか？」

「黒煙の原因を突き止めてくれたことだよ。おかげで、今日はよく眠れそうだ」

ズグリ親方はあふれそうになる涙をこらえ、ヒルネを見つめた。

「それはよかったです。安眠は大切ですからね」

星海のような瞳を横にして、ヒルネが屈託なく笑った。

ヒルネの笑顔を見ただけで、自分のしてきたことは間違いではなかったと思え、ズグリ親方はこぼれそうな涙をごまかすため、「よっしゃ。よっしゃ」と謎の気合いを入れて天井を見上げた。

「これで、少しは希望が見えてきた！　いずれ煙の出ない製鉄所を作るぜ！」

そんな言葉を聞いて、お忍び居眠り大聖女はきょとんとした顔を作った。

「あのー、ズグリ親方。締めに入っているようですが、まだ終わってませんよ」

「まだ？　まだ何かあるのか？」

ズグリ親方が天井から顔を戻した。

（このまま帰ったら煙が臭いもんね。安眠できないよ）

ヒルネはそう心でつぶやいて、階段を下りていき、外の噴水へと向かった。

27.

ヒルネとズグリ親方が中庭へ向かうと、鉄鉱石を洗浄している職人たちが一斉に手を止めた。

皆、お忍びで大聖女が来ていると伝言で聞いている。

数人が「俺たちの持ち場に来たぞっ」と、休憩中の仲間を呼びに駆けていった。

（ここも忙しそうだね……あまり時間をかけると迷惑だね）

ヒルネは走っていく職人を見て心を決めた。

「マクラお嬢ちゃん、洗い場を見てどうするんだ？　ここには噴き出てる水しかねえぞ？」

ズグリ親方の言葉は耳に入らず、ヒルネは噴水を観察している。

（作業用の噴水広場って感じだね。勢いよく水が飛び出してるけど、どういう原理なんだろ？）

ヒルネは感知の聖魔法で噴き上がる水を見つめる。

噴水は石材で円形に囲われていた。

前世で見た公園にある噴水と似たようなものだ。

違う点は、噴き出した水が四方向へと流れるように水路が設計されており、一つはすぐ隣に作られた製鉄所の洗い場へ流れ、他三つは街へと向かっている。水路が鉄板で補強されていることから、瘴気の魔物に壊されてはいけない重要な場所だと思われた。

(水しぶきが涼しい……)

室内にいたせいで身体に熱がこもっている。

飛んでくる水滴が心地よかった。

「……」

(うーん、噴水の下のほうがよく見えない……)

ヒルネは石材に登ろうと、縁に手をかけた。

(十歳の身長だと……くうっ……)

非力なせいで登れない。ジャンヌならひょいと飛んで登るだろう。

うんうん、と唸っていると、身体がふわりと持ち上がった。

「中を見たいのか?」

「はい。ありがとうございます」

「気をつけろよ」

ズグリ親方がヒルネを持ちあげて、そっと石材の上に立たせた。

水位は高い。足がつかない深さに見える。

中心部とその周囲は、水面の形が山型に変わっている。噴出力がいかに強いかが見て取れた。

（感知の聖魔法……よく見えーるアイズ、十倍！）

手を眼鏡の形にし、先ほどよりも魔力を込めて聖魔法を行使する。

魔法陣が足元に浮かび、視覚が噴水の中心部へと拡大された。

（聖なる力だけを判別できないかな？　もうちょっと魔力を込めて……）

星屑が楽しそうに舞い、金色に輝いてヒルネの視界をサポートする。

これも地球から転生してきたおかげなのか、３Ｄグラフィック解析のように石や地面が半透明になり、水に流れる魔力だけが可視化された。

（これは便利だね。魔力はキラキラして見えるのか）

水はどうやら地下水脈から湧き出ており、地表に上がる途中で魔力を帯びるようだ。

魔力を帯びた際に、噴出力が上がるらしい。

（なるほど、なるほど……あの辺に大量の聖水晶（セントクォーツ）があるね。聖なる力を感じるよ。聖水晶（セントクォーツ）の魔力で勢いが増してるのかな……？）

ヒルネはあの辺、と言っているが、聖水晶（セントクォーツ）が埋まっているのは地下数百メートル付近である。

聖魔法を非常識な方法で利用するヒルネでないと見つけられなかっただろう。

（快眠石にこんな効果があったなんて……さすが、私が認めたお石さまだ）

夏は涼しく、冬は暖かい。

聖水晶は最高級の石である。

ヒルネは感知の聖魔法を切り、びしりと足元を指さした。

「よぉし！　これからこの噴水を特別製にします！　すべては安眠のためにっ！」

完全に深夜のノリである。

夜中に起きると目がさえて、無駄にテンションが上がるソレであった。

後で恥ずかしくなるアレである。

「マクラお嬢ちゃん……どうしたんだ？　噴水を見ながら寝ちまったかと思ったぞ」

ズグリ親方が両手を広げたまま、心配そうに言った。

ヒルネが倒れたら受け止めるつもりだったらしい。優しい親方だ。

「失礼な。わたくしマクラは居眠りなんて不作法なことはしませんよ。ましてや立ったまま寝るなんて考えられません、ええ」

お祈り中に爆睡している人の言葉とは思えない。

「お、おう、そうか。眠くなったらいつでも言えよ」

「それより、皆さんどうかされたのですか？」

気づけば中庭の噴水には職人たちが集まっていた。

感知の聖魔法で魔法陣を展開し続けていたので、皆が様子を見に来たらしい。

「ああ、マクラお嬢ちゃんが気になったんだな――」

「では親方、目を閉じてくださいな」

ヒルネが言葉をさえぎる。持ち場に戻れと号令を出そうとしたズグリ親方が、口をつぐんだ。

「皆さんも目を閉じてくださいね！　私のおまじないは企業秘密です！」

何を言い出すかと思えばそんなことだ。

職人たちは顔を見合わせ、「お忍びだからな」「俺たちが大聖女って言ったらかわいそうだろ」

「だな、目を閉じてあげよう」と囁き合う。

やがて皆が笑みを浮かべ、黙って目を閉じた。

（よしよし。これでバレないね。大聖女が来たって噂を流されたらワンダさんに怒られるもんね）

ヒルネは目を閉じている皆を見て、一つうなずき、足元へと両手をかざした。

狙いは地下にある聖水晶（セントクォーツ）。

効果は水の永続的な浄化である。

ヒルネは聖句を脳内でゆっくりと詠唱し、聖水晶（セントクォーツ）が水をろ過するイメージを練り上げた。

ろ過された水は、聖水へと自動で変化する――。

つまりは噴水の水がすべて聖水になる仕掛けだ。

ホリーが聞いたら「全部聖水にっ?!　しかもずっと?!」と叫ぶに違いない。

（聖句詠唱完了――浄化の聖魔法を聖水晶（セントクォーツ）に付与――！）

ヒルネが目を見開くと、精緻な図形の魔法陣が足元に広がった。

ぐんぐんと大きくなっていき、中庭を越えて製鉄所を丸ごと飲み込むほどの巨大魔法陣になった。

「あっ――大きすぎ……これじゃ大聖女ってバレちゃう……」

後の祭りである。

ヒルネは構わず魔力を注入した。

星屑がバラバラとヒルネの身体から湧き出て、周囲一帯を覆いつくしていく。

金色の波が砂浜に押し寄せるようにして、ズグリ親方と職人たちの靴を覆い隠した。

さすがに全員、薄目を開けて現状確認をする。

「……こりゃすげえ」

ズグリ親方はおとぎ話のような光景に目を奪われた。

光り輝く魔法陣と、天空の星が地上に降りてきたかのようなキラキラした星屑が楽しげに跳ねており、その中心には世界最年少の大聖女の少女がいた。

ヒルネの長い金髪が幻想的に揺れている様に、ズグリ親方は目を閉じるのを忘れて見入った。

胸を無性にかき立てる光景に、今すぐ駆け出して街中に「大聖女さまがここにいるんだ！」と言って回りたい気持ちが湧いてくるも、目はヒルネに釘付けだ。

ヒルネから飛び出した星屑は輝きながら一ヵ所に集まっていき、大きな球体に変化すると、噴水に飛び込んでいった。

（まだまだ魔力注入！　星屑たち、頑張って！）

大量の星屑が球体になった星屑をぐいぐいと押して、水の噴き出す穴へ突入した。

星屑で蓋をされてしまい、ぴたりと噴水から水が出なくなった。

周囲がしんと静かになり、シャラシャラという星屑が擦れる音のみが響く。

「……」

ズグリ親方は何が起きているのかわからず、水の止まった噴水を見た。

穴に吸い込まれるようにして星屑がそれいけと言わんばかりに次々に滑り込んでいく。

（水が止まっちゃいましたね。でも、いいか……！）

ヒルネが気合いを入れ直すと、星屑がらせん状に連なって穴へと落ちた。

しばらくして星屑が目的地へたどり着いたことがわかり、ヒルネは飛び込んだ星屑を聖水晶（セントクォーツ）に同化させる。

聖水晶（セントクォーツ）を利用したろ過装置――浄化付与を完了させた。

（ふう……これでよし。何年も維持されるように気合いを入れたよ）

ヒルネが聖魔法を切ると、展開されていた魔法陣が小さくなって消え、星屑も小さく明滅して、霧散した。

「これでいいでしょう……んん？」

ヒルネはゴゴゴゴという音が穴からしているのを聞き、目を向けた。

その瞬間だった。

地面を突き破る勢いで水が噴き出した。

周囲から「おおっ！」とか「水が！」という叫び声が上がる。

星屑で押さえつけていた分が反発し、一気に水が噴き上がった。

「おー、これが全部聖水かぁ。贅沢ですねぇ」

のんきにそんなことを言うヒルネ。

「そこら中びしょびしょですね」

ヒルネはどしゃ降りの雨みたいに降ってくる水を見て、両手を広げた。

ばたばたと大粒の水が頭に当たる。結構痛い。

「だびぜいごうぶ、べぶば」

びしばし水を浴びながらヒルネはつぶやきを漏らす。

「あ――」

「お嬢ちゃん危ねえぞ。下りろ」

ズグリ親方がヒルネを抱え上げて、石段の縁から下ろした。

「ありがとうございます。親方もびしょ濡れですね」

楽しくなってきて、ヒルネはくすくすと笑った。

ズグリ親方の髪がべっとり額にくっついているのもなんだか笑える。

親方が困ったように眉尻を下げ、噴水を見上げている部下たちを横目にヒルネを見た。

「マクラお嬢ちゃん、俺にだけ教えてくれ。あれは聖魔法だよな……?」

「そうですね。さすがにバレちゃいましたか」

ヒルネは頭をかき、どう説明したものかと逡巡して、顔を上げた。

「私は、流しの聖女、マクラと申します――」

キリリとした顔つきで言う大聖女。

ズグリ親方は固まった。

流しの聖女ってなんぞや、と疑問が浮かびまくる。

「こうして一般人に扮（ふん）して見回りをしております。決して大聖女ヒルネではございません。決して、大聖女ヒルネでは、ございません。大事なことなので二回言いました。そこだけは、何卒（なにとぞ）ご理解くださいませ」

「そうか。おうっ。そうか」

大聖女に言われては、そうか、と返すしかない。

もうそういうことにしておこうとズグリ親方は思い、気を取り直して質問することにした。

「ところで流しの聖女マクラさまよ」

「マクラで大丈夫です」

「――マクラお嬢ちゃんよ、何をしたのか説明してくれるか？」

「はい」

ヒルネはうなずいて、ちらりと噴水を見た。

28.

「簡潔に説明すると、あの水はすべて聖水です」

ヒルネは小さな指で噴水を差し、何の気負いもなく言った。

製鉄所の屋根に届かんばかりに噴き上げていた水は、徐々に落ち着きを取り戻している。

「聖水……？　どういうことだ？　あれ、全部？」

「はい。あの水で鉄鉱石を洗えば、黒い煙は上がらなくなります」

「――ッ、本当か⁉」

ズグリ親方はすぐさま駆けだして、製鉄所の鐘を鳴らした。

カンカンカンカンと大きな音が響く。

「作業を中断しろ！　中庭に集まれ！」

緊急用の合図だったのか、一斉に職人が駆けてくる。

中庭から広がった魔法陣のことだろうと皆が真剣な表情で整列した。

（あれだけでっかい魔法陣出しちゃったからね……。みんな、私が聖女だって気づいてるよなぁ）

目が合った職人に嬉しそうに一礼された。

どうもどうもと会釈を返しておく。

（だよね～。もうこのまま、流しの聖女設定で押し通そう）

全員が集まったところで、ズグリ親方が大きく息を吸い込んだ。

「いいかおまえら！　ここにいる流しの聖女、マクラお嬢ちゃんが噴水をすべて聖水に変えてくれた！」

親方の言葉に皆が様々な表情を作る。

「いいかぁ！　流しの聖女ってのはなぁ、そのー、あれだ。すまん……なんなんだ？」

ズグリ親方がヒルネへ顔を向ける。

いや、なんなんだと言われても、とヒルネは考えるも、まったく妙案が浮かばない。

（それっぽいことを言うしかない……）

「お答えいたしましょう……流しの聖女は、フリーランスの聖女です」

「フリーランス？」

皆が疑問を顔に浮かべる。

「はい、フリーランスです。この世界は広く、現在活動している聖女だけでは瘴気を浄化しきれません。よって、自由に動けるフリーランス聖女という職種が極秘に存在しています。フリーランスですから、各地へ移動し、こうして市民に扮して活動をしております」

「おおっ！」

皆がヒルネを大聖女だと知っているが、語られる設定に目を輝かせた。

大聖女ヒルネは大聖女のままだと単独で行動するのが難しい。だから、こうして偽名を使っている。皆がそう思い込んだ。

それに、極秘、という言葉が男たちの心をくすぐるようだ。

（皆さんの反応がいいですね……）

調子が上がってきたヒルネは深夜のテンションも手伝って、両手を広げて演説する政治家のように拳を握った。

「私は市民の皆さまが困っている小さな出来事に目を向けております。いわば地域密着型フリーランス聖女です！　そして、今日は黒い煙の正体を看破いたしました――！」

ざわっ、と職人たちが色めき立つ。

黒煙は製鉄所をずっと悩ませてきた問題の種であった。

長期間働くと肺を病む者が多く、近隣住民にも迷惑をかけてしまっている。

しかし、経済活動を続けないと生活できない。だから職人を含め、地域全体で我慢してきた。そんな苦しい背景があった。

「その原因は――鉄鉱石に小さな瘴気が付着していることです。聖女の目でないと見えないくらいの小さな瘴気です。そして、浄化しないまま燃やすと、煙が上がるのです！」

さらに場がざわついた。

これを聞いて皆が「瘴気が」「マジかよ」「採石場はなんともないのに？」などの驚愕と疑問が飛び交う。近場の同僚たちと話し合いを始める者もいた。

「静かにしろ！　フリーランス聖女マクラさまの話は終わってねえぞ！」

ズグリ親方の号令でさっと静かになった。

統制の取れている現場だ。

おほん、とヒルネは咳払いをした。

「ですが私はそちらの噴水から、半永久的に聖水が出るようにしました！　これからは聖水で鉄鉱石を洗ってくださいね？」

（これで安眠間違いなしっ！）

にこりとヒルネが笑う。

全員が噴水を見て、ヒルネを見てを交互に繰り返し、ぽかんと口を開けた。

これから全員に金貨百枚を配ります、手を広げてくださいと言っても、ここまで唖然（あぜん）としないだろう。

（あ、あれ……？　みんな何も言わないけど……）

てっきり喜んでもらえると思っていたのに、反応がまったくない。

じゃぶじゃぶと噴水の音だけが響いている。

「あ、あのぉ……」

心配になってきて何かフォローしようかと口を開いたところで、わっ、と皆が一斉に両手を突き上げた。

ズグリ親方は感動で泣きそうになるのをごまかし、大げさに袖で目を拭って「ああ、水が垂れてきやがる」とつぶやいている。

「聖女さま万歳！」「フリーランス聖女マクラさま！」「マクラさま万歳！」

歓喜で全員が喜び、飛び上がり、ハイタッチをしたり抱き合ったりした。涙腺が緩い男は涙を流している。夜の街に男たちの喜びが響いた。

（よかった……もとは安眠のためだったけど、お役に立てたみたいだね……）

ヒルネも嬉しくなってきて、「やりましたぁ！」と手を上げた。

それを聞いて皆が「うおおおっ！」と叫んだ。

○

それからズグリ親方指示のもと、実験が行われた。

鉄鉱石が聖水で洗浄され、製鉄装置によって溶かされる。

ごうごうと燃える魔石炭の炉の上で、鉄鉱石が赤く溶けてレーンを滑っていく。

「……煙が出ない……！」

固唾（かたず）を飲んで見守っていた約三百名の男たちが喜びで叫ぶ。

「これでもくもくともおさらばです」

にこりとヒルネがズグリ親方に笑いかけた。

「マクラお嬢ちゃん……なんてお礼を言っていいのか……。せめて金を受け取ってもらえないか？

礼もなしじゃあ義理堅いで有名なモルグール製鉄所の名折れだ」

「大変ありがたい申し出ですが、聖女はお金を受け取りません。ご容赦を」

（お小遣いほしいー。でも聖女だからお金はダメ。受け取れない）

お金をもらって買い食いしたいところであるが、ここは譲れない。

聖女と名乗ったからには、ジャンヌやホリーに恥じない行動をしたかった。

「そうか……。でもなぁ、それじゃ俺たちの気が済まねぇよ。俺たちにできることはないか？」

ズグリ親方が今にも聖印を切ってひざまずく勢いで聞いてくる。

周りにいた約三百名の職人たちもうなずいていた。

どうしたものかと考えていると、型に流し込まれた鉄をハンマーで精錬する職人が、あわてた様子で叫んだ。

「親方ぁ！　大変だ！」

「なんだ⁈」

ズグリ親方がすぐさま駆けだした。

29.

ズグリ親方が駆けだし、ヒルネを含め、全員もあとに続く。

「見てくだせえ！」

叫んだ職人が赤々としている鉄の棒を専用のペンチで持ち上げ、聖水につけて冷却した。

数千度の鉄によってぶくぶくと聖水が蒸発していく。

聖水の中で鉄がパチパチと星屑を散らしながら赤からシルバーへと変化し、職人がペンチで上げると見事な輝きを放った。

「精錬なしでこれです！」

「なんつー純度だ……。これなら高く売れるぞ……！」

ズグリ親方と職人が顔を見合わせ、経営難を脱出する未来を見たのか、うなずき合った。

「親方、こちらも見てください」

今度は隣にいる若い職人が、赤々とした二本目の鉄をペンチで押さえ、ハンマーで叩いた。

カーン、カーンと小気味いい音が鳴る。

（おお！　火花と星屑が舞ってる……！）

これにはヒルネも驚き、輝きの美しさに見惚れた。

ハンマーが鉄に触れた瞬間、キラキラと星屑が躍り、後を追うようにして火花が散り、流線を描いて宙に消えていく。線香花火みたいだった。

（すごい……どんどん形が変わってくよ……）

棒状の鉄鉱石が職人の手によって平べったい角材の形へと変化していく。

（綺麗……）

集まった男たちも彼の手元から目が離せないのか、固唾を飲んで精錬される鉄を見ている。

叩く、聖水につける、を繰り返し、銀色に輝く精錬鉄が完成した。

「親方、確認を」

「おう」

ズグリ親方がペンチごと精錬鉄を受け取り、目を細め、縦、横、斜めと検分する。

むうと唸り声を上げ、親方はポケットからルーペを出して表面を見つめた。

（感知の聖魔法——よく見えーるアイズ）

ヒルネも親方の下に回り込んで精錬鉄を観察した。

（瘴気はすっかり取り除かれてるね……。もとの鉄鉱石よりも密度っていうのかな？　なんか、ぎゅっと引き締まった気がする。表面とか内部にも聖なる輝きが入り込んでるね……）

ヒルネがむうと唸って腕を組んだ。

小さな少女が親方の真似（まね）をしているみたいで微笑ましい。職人たちはヒルネが大きな瞳に星屑を散らし、じっと鉄を見ているのが可愛らしいのか、ほっこりした笑みを浮かべている。

「今までの粗悪品が嘘みてえだ……こりゃ最高級品だよ」

親方が顔を上げる。

それと同時に、今日何度目かわからない歓声が上がった。

（叩いてるときすっごくキラキラしてたな……！）

ヒルネはふと前世の母親を思い出し、そのあとすぐに女神ソフィアの顔が浮かんだ。

（お母さんは病気だったけど、小さな火花みたいに一生懸命に生きていた……。あの輝きがなかったら、私は生きる意味をもっと早くに失ってたと思うよ。それから、女神ソフィアさまと出逢って、この世界は星屑みたいに綺麗だって知ることができた……）

「マクラお嬢ちゃん、ちょっと近くで見てみるか——」

ズグリ親方はヒルネへ精錬鉄を渡そうと手を伸ばし、言葉に詰まった。

ヒルネは優しい目をして、ここではないどこか遠くを見ていた。

星海のような青い瞳の少女が一瞬だけ女神ソフィアに見え、ズグリ親方の心臓が大きく跳ねた。

ちょっと抜けていて眠そうだが、この子は大聖女なんだな、とあらためて思う。

「親方。先ほど、俺たちにできることはないかと仰っていましたね？」

「……おう。それがどうかしたか？」

我に返って親方が返事をする。

「私もカンカン叩いてみたいです！」

十歳の少女らしく、ヒルネが屈託のない笑みを浮かべて、ハンマーを指さした。

「精錬か……重いぞ？」

「じゃあ一緒にお願いします。あの火花と星屑を近くで見たいんです」

うーんと首をひねり、何となく部下たちを見回すズグリ親方。

皆、一度ぐらいいいじゃないですか、という顔をしている。

「精錬は三年以上働かないとやらせないんだが……聖女さまのお願いじゃあ断れないな」

気の利いた言葉に、職人たちから「さすが！」「太っ腹！」「よかったなマクラお嬢ちゃん！」などの拍手が送られる。

ヒルネは全員に見守られ、鉄製で布が敷いてある椅子に座り、ハンマーを握った。

「んんん……」

（重いけど……どうにか……）

職人たちがハラハラしている。

すると、背後から親方の太い腕がにゅっと伸びて、ヒルネの手を補助した。

太くて頼りがいのある腕だ。

「気をつけろよ。ゆっくりやるからな」

「はい！」

いい返事をすると、レーンから液状の鉄が流れて型に流し込まれた。

職人の一人が手際よく液状の鉄を切り落とし、次々とさばいていく。

部下からペンチを受け取り、ズグリ親方が赤々と燃える鉄を持ちあげた。

「いいかマクラお嬢ちゃん。水から上げたら、素早く叩くんだ。強くなくていい。均一に、同じ力で叩くのがコツだ」

「わかりました」

（真っ赤だよ！　近くで見ると迫力あるよ！）

ヒルネは鉄を目で追う。

親方が腕を伸ばし、大桶に入った聖水へ鉄を入れる。ぶくぶくと泡が上がって約二十秒。さっと上げて叩き台へと置いた。

「いいぞ」

「了解です」

ヒルネは「よいしょ」とハンマーを振り下ろした。

重たいが、補助のおかげで鉄に当てることができた。

カィン、と軽い音が鳴って、火花と星屑が散る。

（綺麗だ……とっても綺麗……！）

カィン、カィン、とリズミカルに叩いていく。親方が素早く聖水につけ、また台へ載せる。

周囲からは「うまいぞ！」などの応援が送られる。

自分の小さな手を包んでいる親方の手が、大きくて頼もしい。

「親方」

ヒルネはハンマーを持ったまま、振り返った。

中腰になっている親方を見上げ、満面の笑みを浮かべた。

「鉄を作るってとっても素敵ですね！」

「……」

「キラキラ輝いてます！　皆さんの笑顔みたい！」

「――――ッ」

ヒルネのまぶしい笑みを見て、ズグリ親方は死んだ息子のことを思い出した。

十歳で製鉄職人になりたいと言い、二十歳で一人前になり、二十七歳のときに肺を患って死んでしまった。生意気だったが、真面目で仲間想い（おも）の息子だった。笑うと目の端に一本のしわができるのが、母親とそっくりだった。

『父ちゃん！　俺、父ちゃんみたいな職人になりたい！』

ハンマーを持ちたいと駄々をこねた十歳の息子も、ヒルネみたいに、顔をくしゃくしゃにして笑っていた。

父親として、夢を叶えてあげられただろうか？

無理を言って出勤する息子を止めていれば、死ななかったのだろうか？

ズグリ親方は煙の出ていない鉄を見て、奥歯を噛みしめた。

「それっ！　まだまだいきますよ！」

「おう――――！」

ヒルネの掛け声で、精錬が再開される。

親方とヒルネの打つ鉄は、次第に平べったい角材のような形へと変化していく。

（みんな、一生懸命に働いてきたんだ……壁とか物を見るとよくわかる……古くて、へこんでるところもあるけど、大切に管理されてる……色んなことが……ここであったんだな……）

ヒルネは火花と星屑を見つめ、想像した。

製鉄所で起きた様々なこと。

働いている職人たちの人生。家族。生活など――――。

（みんな生きてる……この、火花みたいに……！）

カァンと一瞬の煌めきが弾け、消えていく。

ヒルネが製鉄所の職人たちのことを思うと、体中からキラキラと星屑がこぼれ落ちる。

本人は精錬に夢中で気づいていない。

星屑がふわりと浮かび、皆の頭に飛び込んでいった。

ズグリ親方の頭にも星屑が楽しそうに入り込み、眼前に映画フィルムのような映像を浮かび上がらせた。

遠い昔の記憶がよみがえる。


『バカ野郎！　温度がちげえ！』

若かりし頃の自分。当時の親方にこっぴどく怒鳴られた。

『できたぜ！』

初めて精錬を任された日のこと。嬉しくて同僚に見せて回った。

『父ちゃん！　俺、父ちゃんみたいな職人になりたい！』

製鉄所で働きたいと笑う息子の笑顔。

それから……自分が知らない息子の言葉――。

『親父には言えなかったけどさ……ごほっ、ごほっ……俺、ここで働けて本当によかったよ。労働時間は長いし、給料は安かったけどよ……でも……俺たちがいなきゃイクセンダールは魔物に飲み込まれちまう……だから、誇りを持って……鉄を作ってた……。おい、恥ずかしいから……親父には言うなよ……』


映像は擦り切れたフィルムみたいだったが、確かに息子は笑っていた。

ヒルネの想いが見せた過去の映像だろうか。

息子の目の横には、母親そっくりの、一本線のしわが寄っていた。

「……うぅっ……よかったのか……ここで……働けて……」

ズグリ親方の頬には熱い涙が伝っていた。

止めたくても止められない。

視界はぼやけ、鼻水も出てくる。

それでも精錬する手は止めなかった。何度となく振るったハンマーの感覚は身体に染みついていた。

カァン、カァン、とヒルネの手を取り、ハンマーの音を鳴らす。

「きんぴかの銀色になりました！　どうですか、親方？」

ヒルネが振り返った。

「あれ……？」

なぜか全員が胸に手を当てたり、顔を手で覆って泣いたり、笑みを浮かべたりしている。

皆もヒルネから出た星屑で、過去の記憶がよみがえったようだった。

「皆さん、どうかされました？　親方？」

ヒルネは心配になって、手を握っている親方を見上げた。

「ううっ……ぐっ……なんでもねえ……ちょいと……胸が苦しくなっただけだ……」

泣き顔を見られたくないのか、親方はヒルネから手を離して腕で顔を覆った。

男泣きしている親方を見て、ヒルネは治癒の聖魔法を行使した。

(みんなつらかったのかな……でも、前世の私と違って仕事に誇りを持ってて、なんか、うらやましいって思えるよ)

魔法陣が展開され、星屑が製鉄所に降り注ぐ。

職人たち全員の胸の痛みと、煙による肺の汚れが、綺麗に取り除かれた。

「治癒の聖魔法を使いました。これで胸が痛いのはなくなりましたね?」

これには全員が頭を下げ、一斉に聖印を切った。

ズグリ親方も恭しく聖印を切っている。

「いいんですよ、そんな……」

どうにもかしこまられると面映ゆい。

ヒルネは頰を指でかいて、「ほら、やめてくださいな」と親方の腕を引っ張った。

ズグリ親方は泣き笑いして「ありがとう」と言っている。

(私も大聖女として頑張りましょうかね……。そう考えたら……なんだか、ジャンヌとホリーに会いたくなってきたな……)

ふあああぁぁあぁっ、と大きなあくびをして、目をぱちぱちさせる。

急に眠くなってきた。

あっふあっふとあくびが止まらない。

それを見て、ズグリ親方と職人たちが「眠いよなぁ」と笑った。

居眠り大聖女の大あくびが見られて全員嬉しそうだ。

「では皆さん、フリーランス聖女マクラは帰ります。また、遊びに来ますね」

「おう！　いつでも来いよ！」

手を振り、あくびをして、ヒルネは製鉄所モルグールを後にした。

背を向けても、ありがとう、ありがとう、という声がずっと聞こえていた。

（帰ったらジャンヌとホリーが寝ている間に滑り込もう。きっとふかふかであったかいよ……）

睡眠欲には勝てず、ヒルネは聖魔法で空飛ぶ絨毯を作り、寝床である大教会へと帰った。

時刻は午前三時半になっている。

こんな夜更かししたことないなと思いながら、もぞもぞとジャンヌとホリーの間に滑り込む。

（んふふ……あったかい……）

幸せな気持ちになって、すぐに夢の中へと旅立った。

○

この日を境に、辺境都市イクセンダールに黒い煙は上がらなくなった。

聖水の噴水は市民が自由に使い、人々の暮らしはより豊かになった。聖水を転売しようとするとなぜかただの水になる、という不可思議な現象も起きた。

その後、製鉄所モルグールは王国一の製鉄所として一躍有名になる。

マクラ鉄と呼ばれる純度の高い聖なる力を秘めた商品は各地で人気を博し、注文が途切れることはなかった。

また、ズグリ親方はマクラ鉄に大教会の外壁に彫られたユキユリの花を刻印した。

ユキユリは六枚の花弁を持った、気品のある艶やかな花だ。

これによって辺境都市イクセンダールといえばユキユリのマーク、という認識が各地でされるのだが、これはもう少し先の話だ。

ヒルネの打った精錬鉄はモルグール製鉄所のご神体として大切に保管されることとなり、数百年が経っても錆びず、劣化もしない、不思議な鉄として、観光名所の一つとなる。これも先のお話である。


ちなみにこの日、ヒルネは朝、昼、夕方のお勤めをすっぽかし、午後七時まで目を覚ますことがなかった。さらにはフリーランス聖女マクラの存在が教育係ワンダの耳に入り、二秒で夜間無断外出が露見した。起きて即座に説教をされ、千枚廊下の掃除を言い渡される。

一方、ワンダとしては、ヒルネの行いは立派なものであるが、規則を破っているのも事実であるため、褒めたい気持ちを抑えて心を鬼にし、説教を行った。

万が一、ヒルネがさらわれたらと想像すると、気が気ではなく、ワンダの説教にも熱が入ることとなった。

千枚廊下にて、ヒルネは掃除をしていた。

「ヒルネさまが夜に出かけたと聞いて、心配になりました」とジャンヌ。

「あなたが夜中に目を覚ましたのが一番の驚きよ」とホリー。

「私もびっくりしました。まさか目が覚めるとは……あっふ」

モップを片手にあくびを一つ。

「これで、製鉄所はホワイト企業になったでしょう。そして私の安眠も確保されました。ああ、素晴らしきお昼寝人生かな」

のんきな大聖女はモップに寄りかかり、立ったままぐうと寝始めた。

「あっ、ヒルネさま！」

「もう寝たの?! 懲りないわねぇ……」

ジャンヌとホリーの声を聞きながら、ヒルネは火花と星屑の散る、一瞬の輝きを夢に見た。

「……キラキラですよぉ……」

今日も世界は平和であった。

30.

製鉄所の黒煙が出なくなって三日が経過した。

大聖女ヒルネがお忍びで街を救っているという噂で街は持ち切りだ。

酒場に行けば「大聖女さまが――」という会話の出だしを何度も耳にする。

舞台となったモルグール製鉄所も注目の的であった。

ちなみに、噴水が聖水になったという情報はズグリ親方が話していないため、噂になるのはもう少し先のお話である。

ズグリ親方なりの義であろう。

大聖女ヒルネが名前を変えて出歩いているのだ。自分が言いふらしてどうするという心持ちのようだった。

さて、そんな噂の中心人物であるヒルネは現在イクセンダール郊外の村へと来ていた。

瘴気と魔物の被害をどうにか抑え、村としての機能を失っていない場所である。

ヒルネは空を見上げ、農作業に精を出す村人たちへと手を振った。

純白の大聖女服に身を包んだヒルネの長い金髪が風でひるがえる。

「それでは、自警団の皆さまが瘴気から村を守っているのですね」

横を歩いている村長へと視線を向けた。

(ザ・村長という見た目のおじさんだね。地味だけど優しそうな方だ)

彼はへへえ、と頭を下げて聖印を切った。

「そうでございます。聖女さまと連携をさせていただいて、村を守ってまいりました。村が瘴気に汚染されればイクセンダールの食料がなくなってしまいます」

「辺境都市の台所、というわけですね」

広大な農地を見てさもありなんとうなずくヒルネ。

村というよりは町という規模感だ。

風が吹くと実をつけ始めた小麦が一斉に揺れ、波紋のように色を変えた。

「本日は大聖女ヒルネさまにお越しいただき、村の者たちも喜んでおります。イクセンダールからも兵士さまを送っていただいておりまして……それもこれもすべてヒルネさまのおかげ……感謝の念にたえません」

「私はこれといって特別なことはしておりませんよ」

ヒルネはにこりと笑った。

（大教会の女神像に予約を入れて、製鉄所の噴水に聖魔法を付与しただけだし……）

ヒルネの言葉を謙遜と取った村長は大聖女の奥ゆかしさ、謙虚さに感動して嗚咽（おえつ）を漏らした。

ついには号泣し始め、ヒルネは驚き、後ろを歩いているジャンヌはおろおろと村長を心配した。

「すみません……ヒルネさまを見ていると、私は物語の中にいるような……少年のような気持ちになってしまうもんで……」

「そうですか。ええっと、それでは、村に残っている言い伝えのようなものはございますか？」

話を変えようと質問をしてみた。

村長はハンカチをポケットから出し、ずびぃと鼻をかんで、うなずいた。

「言い伝えではないのですが、前に辺境都市にいらっしゃった大聖女マルティーヌさまが、時計塔をお作りになりました」

「時計塔ですか？」

（おっ……気になる話題だね）

時計塔という単語はイクセンダール着任時にも小耳に挟んだし、先日の不思議な夢でも見たばかりだ。

「時計塔には大きな鐘がございまして……美しい音色はこの村まで届きました。私が若い頃は、朝と昼と夜に鳴る鐘の音とともに生活をしておりました」

「村まで届くとは、大きな鐘なのですね？」

「それはもう大きな鐘です。大聖女マルティーヌさまが聖魔法を込めてお作りになったと聞き及んでございます」

「へえ、大聖女マルティーヌさまが」

村長は両手を何回も広げて鐘の大きさをアピールした。

さらに村長は興が乗ってきたのか口を大きく開いた。

「鐘の音を聞くとですね、不思議と安らぎを得られるんですよ。昔、〝女房とケンカするなら鐘の鳴る直前にしろ〟と言ったぐらいで――音色を聞くと、怒ってる女房も静かになったもんです」

「なるほど……ということは、安眠効果も得られるのですね……？」

ヒルネは目を細くして村長を見つめる。

後ろを静かに歩いているジャンヌが、これはヒルネさまが勝手に行動する予兆……とわずかに背筋を伸ばした。聞き逃すまいと耳に神経を集中させる。

（重大な昔話を聞いた気がする）

ヒルネに見つめられ、村長が若干うろたえた。

「……言われてみればあったかと思います。赤ん坊も鐘が鳴るとぐっすりでした」

「そうですか！　有益な情報感謝いたします」

「それは恐縮でございます」

「ちなみにですが、時計塔はイクセンダールのどのあたりに建っていたのでしょう？」

「街の中央部分ですな。目立つ建物だったので、真っ先に魔物によって破壊されてしまったと兵士さまから聞きました」

「なるほど……」

（これは一刻を争うね。鐘の音色で安眠できるとは……。しかもお説教中にワンダさんに聞いてもらえば、怒りも収まるかもしれないし。決まりだね）

ヒルネは前任の大聖女マルティーヌが作ったという、時計塔と鐘を直すと決めた。

今思えばこの間の夢も、こうなると知っていた女神ソフィアが見せてきたと思えてくる。

「ふあああっ……あっふ」

いざやることができるとそわそわしてきてしまうが、あくびも止まらない。昼すぎの村にはのんびりした空気が流れていて、眠気が押し寄せてくる。

「ヒルネさま、次の村へ参りましょう」

ジャンヌが予定を確認し、馬車へ戻るようにヒルネを誘導する。

今日はイクセンダール周辺の村々を回り、農作物を浄化する仕事内容であった。

（時計塔……鐘……安眠の音色……）

安眠できる鐘が気になり、ヒルネはその後の予定に身が入らなかった。

31.

イクセンダール周辺の村々を回り終えたヒルネは早速街の中心部へと向かっていた。

馬車で行きなさいというワンダの言いつけを押し切り、徒歩である。これには訳があった。

（途中で寄らねばならない場所があります）

純白の大聖女服に身を包み、ジャンヌ、ホリーと大通りを歩く。

メフィスト星教の聖職者たちが後に続いている。

ヒルネ着任前まで街には暗いムードが漂っていたが、今は巨大結界のおかげで活気が戻りつつあった。人々は商売に精を出し、子どもたちの遊んでいる姿も見える。

「ヒルネさま！」「ああ……なんて神々しい」「息子が街に帰ってきたんです！　ありがとうございます！」「お近くでお姿を目にできるとは……」

市民はヒルネを見ると聖印を切り、笑顔を向けてくれた。

ヒルネは律儀に聖印を返して歩く。

（私の力は女神さまにいただいたものだからね……調子に乗らないようにしないと……）

そんな思いがあるため、どうだ、偉いだろうなどと、自身の力を誇る気になどなれなかった。

むしろこの世界に転生できた幸運をありがたく思っている。

前世では仕事に追われて心休まる時間はなかったが、今では驚くほど穏やかな気持ちでいることができた。何かに焦る必要もないし、深夜に鳴るスマホも、クレームを言う取引先も、仕事を丸投げしてくる上司もいない。

（初めて見た街は暗い雰囲気だったけど、今じゃ愛着が湧いてきたよ）

鉄板で補強された街並みには色気もオシャレさも皆無であったが、イクセンダールに赴任してこの光景も見慣れてきた。あの鉄がモルグール製鉄所で作られたものだと想像すると胸を張りたい気分になる。

ズグリ親方や職人たちが街のため、一生懸命に作った鉄を使っているのだ。

（鉄だけじゃない……家も、地面の石畳も、お店の商品も、全部みんなが作ったものだ）

そう思うと、街にあるすべてのものが愛しく見えてくるから不思議であった。

「イクセンダールは素晴らしい街です。人が助け合ってここまで続いてきたのですから」

思わずそんなことをつぶやくと、隣にいたホリーが大きな瞳をぱちくりとさせた。

「急にどうしたの？」

「なんとなく思っただけですよ」

ヒルネは水色髪の可愛らしい聖女に笑顔を向けた。

星海のような瞳を優しく細めているヒルネを見てホリーは少し頬を赤くし、ごまかすように顔をそむけた。

「ふぅん……ま、皆さん優しいから過ごしやすいわよね。南方の人って明るいし。それより、どこに行くつもりなの？」

ホリーが手を振っている子どもに笑顔を返し、流れるように聖印を切りながら聞いた。

「ええ、少し心配なことがあるのです。これは大変に重大なことですよ」

ヒルネが普段見せない、まるでスナイパーに命を狙われているかのような目をし、周囲を見回した。

「あなたらしくない真剣さね……」

ホリーが市民に笑顔を向けつつ、ちょっと身を固くした。

しばらく〝風砂の大通り〟と名付けられた道を歩くと、ヒルネが嬉しそうな声を上げた。

「もうそろそろです」

「まだ中央女神広場には着いてないけど？」

「ホリー、違いますよ」

首を振るヒルネ。

それを見て後ろにいたジャンヌは薄々察していたのか「またですか……」とやや呆れぎみのつぶやきを漏らした。

一行が向かった先は大通りに面した寝具店ヴァルハラ南方支部であった。

ホリーが「あなたねえ……」と額を右手で押さえた。

ヒルネは限定グッズを自慢するかのように両手を広げ、どこぞの偉い学者のように「うむ」とうなずいた。

「例のブツが入荷したとの一報をいただいたので、試し寝をしようと思いまして――」

「試し寝って何よ?!　緊張した私が間違いだったわ！」

ホリーが寝具店ヴァルハラを見てため息を漏らした。

ついてきた聖職者の面々は「居眠り大聖女……噂は本当だったんですね」となぜか嬉しそうにしている。

寝具店ヴァルハラは王都からヒルネに同行してきたナイスミドルな店長トーマスが運営している。

新作であるハンモックと、ピヨリィの羽毛布団の手配に忙しいのか、店にはひっきりなしに人が出入りしていた。空き店舗を買い取ったばかりということもあり、急ごしらえの看板が目についた。

「大丈夫です。すぐに終わりますから」

ヒルネはうきうきした気分で店に入ろうと足を出した。

「待ちなさい」

だがホリーにがしりと肩をつかまれ、後ろに倒れそうになった。

「おっとと。どうしたのです、ホリー?」

「壊れた時計塔を見に行くのよね？　素敵な話だからみんなでついてきたのだけれど？　んん？」

「ホリーが日に日に怖くなっていきます。ジャンヌ、助けて」

いい加減ヒルネに振り回されっぱなしなので、ホリーも容赦がない。

ジャンヌは苦笑いをしてヒルネに一礼した。

「試し寝をなさると三十分は起きないので、どうか今日は自重してください」

「ジャンヌまで敵に回るとは……これはいけません」

賛成一、反対二で試し寝は否決である。

ヒルネは致し方なしと店に寄るのはあきらめ、代わりに店へ手をかざした。

（入れないとなれば、いつもの加護を付与しておきましょう。時間がないから聖句省略で……まずは浄化――疲労軽減――安眠付与――幸運アップ――腐敗防止――防虫――耐水――耐震――耐熱――）

ビカビカに魔法陣を光らせ、これでもかと寝具店ヴァルハラに聖魔法を使うヒルネ。

あまりの早業にホリー、ジャンヌ、お付きの聖職者は目を点にした。

星屑が金と銀にきらめいてヴァルハラへと吸い込まれていく。

店内まで星屑の光がいかないのか、店の人々は気づいていない。

遠巻きに大聖女を見ていた人々からは「わっ」と歓声が上がった。

「ふう……これでいいでしょう」

「ちょっとちょっと、あなた今何をしたの？」

肩をつかんでいたホリーは手を離して顔を寄せ、小声でヒルネに聞いた。

「寝具店ヴァルハラに聖魔法をかけました」

「一つじゃないわよね？　ものすごく高度な技術を使っていた気がするけど……」

ホリーが腕を組んで寝具店ヴァルハラを見る。

それこそ聖女十人がかりで使うような、ありえないレベルの聖魔法が付与されているように見える。

「そうですね、まずは浄化をかけて、追加でお店の方が疲れないように疲労軽減、安眠付与。あとは不慮の事故で怪我をしたらいけませんので幸運になる聖魔法を——これは気休めのレベルですけどね。あとはお店も心配です。腐敗防止、防虫、耐水、耐震、耐熱などの加護をかけました」

事もなげに言うヒルネ。

ホリーは「あなたそれ王宮よりも手厚い保護よ……」と呆れ、ジャンヌは「ヒルネさまは心配性ですねえ」と呆れ半分、優しさ半分でくすくすと笑っている。

「寝具店ヴァルハラはイクセンダールの復興に欠かせない重要店舗です。ここをしっかり保護せず、どこを保護するというのですか」

「過保護が過ぎるわよ！」

ホリーが思わず大声で言い、こほんと咳払いをして気持ちを落ち着けた。

「でもまあヒルネがしたいならいいんじゃない？　別に、聖魔法を寝具店に使っちゃいけないって教義はないし」

「さすがはホリー、わかってますね」

「ただちょっとやりすぎよ。大聖女らしく行動してよね」

ホリーがそう言ったところで、イケオジ店主のトーマスがヒルネ御一行に気づいて店から出てきた。

「大聖女ヒルネさま、聖女ホリーさま。ようこそお越しくださいました」

白い歯を見せて笑うトーマスは体調がすこぶるよさそうだ。王都にいたときよりも若々しく見えるのは気のせいではない。疲労軽減と安眠付与の加護のおかげであろうか。

（加護の効果が出ているね。よしよし）

ヒルネはトーマスと五分ほど会話をして、「例のブツは――」「また来ます」と約束を交わして満足し、時計塔のある広場へと足を向けた。

「あなたほど自由な大聖女はいないわよ」

「そうですね」

ホリーのため息まじりの言葉とジャンヌのうなずきは、ヒルネには聞こえなかった。

32.

ヒルネはイクセンダールの中心部にある中央女神広場に到着した。

かつて街の主要な施設があったこの場所は、倒壊した時計塔で見るも無残な姿になっている。

(瘴気と魔物の攻撃が激しかったみたいだね……)

時計塔は枝が折れるようにして中ほどから倒れており、下部も魔物の襲撃で穴だらけだ。塔があったと聞かされていなかったら、ただの瓦礫の山だと思える悲惨な状況だった。

「お待ちしておりました、ヒルネさま」

かつて時計塔があった場所で、大司教ジジトリアが待っていた。

ゼキュートスも一目置く、南方の父と呼ばれる聖職者である。つるりとした額に星形のシミが特徴的だ。

彼は柔和な笑みを見せ、聖印を切った。

ヒルネ、ホリーも聖印を切り、近づいた。

「ジジさま。お久しぶりです」

「そうですね、ヒルネ。このところ出張続きでお会いできませんでしたね」

「はい。お会いしたかったです」

ヒルネは自分の祖父のようにジジトリアを慕っている。

(おじいちゃんの空気だよ。優しくてあったかいねぇ)

笑顔を向けてくるヒルネに、ジジトリアも嬉しいのか笑みを浮かべた。

「ヒルネ、時計塔のお話は誰からお聞きになったのですか?」

「ディエゴ村の村長さまにお聞きいたしました。昔はここに、大聖女マルティーヌさまがお造りになられた時計塔があったんですよね?」

「そうですね……」

ジジトリアは昔を思い出したのか、背後の崩れた瓦礫を見て、視線を空へと向けた。

「大きくて、美しい時計塔でした……私が小さかった頃は鐘の音が街中に響いたものです」

「そうですか」

ジジトリアが見ている空を、ヒルネも見上げた。

(きっと綺麗な時計塔だったんだろうなぁ……)

「残念なことに瘴気を防ぐのが精一杯の状態でして、今まで放置されておりました」

生きることに必死であったイクセンダールに時計塔を修繕する余力はなかった。

だが、ヒルネが赴任してから、経済状況は徐々に改善している。市民の間でも時計塔の話題が上がることが多くなっていた。

「あの、折り入ってご相談があるのですが……私、新しく時計塔を建てたいと思っているんです。何か私にできることはないでしょうか?」

ヒルネが大きな瞳を向けると、ジジトリアは口の端を真横へ引き、何度もうなずいた。

「実のところ、そうではないかと期待しておりました。期待など聖職者として恥ずかしいことですが……大聖女マルティーヌさまもきっとお喜びになるかと思います……」

ジジトリアが何度も聖印を切り、聖句を空に向かってつぶやいた。

他の聖職者たちも同じように聖印を切る。

「……ぜひとも時計塔の鐘を作っていただけませんでしょうか？」

「鐘ですか？」

「いかにも。大聖女マルティーヌさまは鐘を作られました。私たちメフィスト星教は街の職人たちとともに、鐘を設置するべく時計塔を建てたのです」

「わかりました。鐘は作るつもりだったので、あてがあります」

ヒルネはモルグール製鉄所を思い浮かべ、一呼吸おいてジャンヌへ視線を移した。

「ちなみにですが、専属メイドのジャンヌからも一言ございます」

時計塔の話を村長から聞き、ジャンヌがジジトリアに話があると言っていたのだ。彼女が自分から発言したがるのはめずらしいことだった。

ジャンヌは一歩前で出ると、恭しく一礼した。

「時計塔を建て直すお話を石職人の方々にしたところ、最低限の賃金で請け負っていただけるとのことでございます。他にも建築士、彫刻家、木工技師、時計職人の方から、ぜひともお手伝いをしたいとの要請をいただきました」

ぺこりと一礼し、ジャンヌが一歩下がった。

「ジャンヌ、先回りして聞いてくれていたのですか？」

「はい。こうなると思い、ワンダさまにお願いをしておりました」

にこりと笑い、ジャンヌがうなずいた。

少しでもヒルネに貢献したいというジャンヌの行動だった。

経済学をワンダから仕込まれていることもあり、ジャンヌは十歳にしてビジネス感覚を身につけ始めていた。何でもこなせる最強のメイドになる日はそう遠くない未来である。

「どうですか皆さん。うちのメイドはすごいでしょう」

胸を張って自慢し始めるヒルネ。

「恐れ入ったわ」

ホリーも感嘆してうなずいている。

「や、やめてください。ヒルネさま付きのメイドとして当然のことをしただけですよ！」

褒められ慣れていないジャンヌはわたわたと両手を動かした。ポニーテールが不規則に揺れる。

（恥ずかしがるジャンヌ……やはり可愛い）

ジジトリアは感心しきりで首肯し、そのあとに笑顔を作った。

「イクセンダールの市民は大いに喜ぶでしょう。市民総出で手助けしてくれるはずです」

「それはありがたいですね！　では早速、私は安眠……こほん……安らぎを得られる素晴らしい鐘を作ってこようと思います。善は急げです」

ヒルネはモルグール製鉄所へと足を向けようとし、動きを止めた。

「あ、時計塔のほうはジジさまにお願いしてもよろしいですか？」

「もちろんでございます。時計塔が復活すると思うと……感無量です」

「できれば、白くて可愛い感じの塔にしてほしいです。家族とか、恋人たちが待ち合わせ場所にするような」

ヒルネはかつてブラック企業に勤めていた頃、最寄り駅の広場を他人事のように眺めていた。

その広場には花壇と銅像のモニュメントがあり、人々の待ち合わせ場所になっていた。

（みんなが集まれるような、ハッピーな場所にしたいよね。昔の私には幸せそうな人たちが遠いものに見えてたよなぁ……）

幸せな人たちを横目に睡眠二時間で出社していた、苦い記憶がよみがえる。

ともあれ、せっかく新造するなら可愛くてオシャレな建物にしたかった。

「それは大変素晴らしいお考えでございます」

ジジトリアが満面の笑みを浮かべた。

「塔の設計はそうですね……ホリーが詳しいと思うので、ホリーに総監督をお願いしたいです」

急に話を振られたホリーがえっと口を開いた。

「待って待って、そんなことを急に言われても……」

「ホリーが誰よりも本を読んで勉強していることは知っています。それに、ホリーは結構可愛い物が好きですよね？　知ってますよ、私、ホリーの部屋にお人形さんが並べてあって――」

「そうね！　勉強はしっかりしているわ！」

慌てたホリーが大きな声で胸に手を当てた。

「時計塔も色々と見てきているわよ！」

「そうでしょうそうでしょう。ではホリー、お願いしますね」

（就寝前まで伝記とか聖句の勉強してるもんね。挿絵付きの童話なんかもよく読んでるし……きっ

といい出来栄えになるよ）

「……ッ」

つい流れで了承してしまったホリーは言葉に詰まり、何度か髪をかき上げてため息をついた。

「できる範囲でやらせていただきますわ」

ホリーはジジトリアへ丁寧に一礼する。

「聖女ホリーさま発案の設計ですか。それは皆も喜ぶでしょう」

ヒルネとホリーのコンビは街で大人気だ。

巷（ちまた）での吟遊詩人に頼みたいランキング一位の曲は、大聖女ヒルネと聖女ホリーが王都を救う歌である。

また、ホリーのトレードマークであるツインテールは近頃少女たちの間で大人気の髪型だった。

ヒルネとホリーの人気はとどまるところを知らない。

「ジジトリアさま、詳しいお話をお聞かせくださいませ」

ホリーは真面目な性格もあってか、一度やると決めると行動が早い。

ジジトリアに以前の時計塔のデザインを聞き始めた。

「ではジャンヌ、モルグール製鉄所へ行きましょう……ふああっ……あら、眠気が……」

「はい、まいりましょう！」

ヒルネはあふあふとあくびをしつつ、ジャンヌを連れてモルグール製鉄所へと向かった。

馬車ではなく、歩きで向かう。

今日はのんびり街を見て回りたい気分だ。

「途中で寝具店ヴァルハラに寄らないようにね～！」

背後からホリーの声が聞こえる。

（バレていましたか……！）

ごまかすため引き締まった顔つきを作り、振り返ってホリーを見る。

だが眠気は止まらず凜々しい顔は二秒で消えた。

「ふあああぁあぁぁぁっ……あっふ……大丈夫です。寄り道しませんよ……ふあっ」

「そんな大きなあくびをして！　背筋を伸ばしてしゃんとなさい！」

面倒見のいいホリーから指示が飛ぶ。

「ジャンヌ、ヒルネが寝て起きなくなったら教えてね。私が聖魔法で運ぶから」

「わかりました～！」

ジャンヌが笑顔を浮かべて隣で了承した。

「私は赤ちゃんじゃありませんよ……ふああぁぁあっっ、まったく……ふあっふ」

「ヒルネさま、全然説得力がありませんよ」

「むう……眠気には勝てませんね」

ジャンヌはくすくすと笑い、ホリーに手を振った。

ヒルネも左手で口を押さえながら右手を振る。中央女神広場を出て、風砂の大通りへと足を運んだ。

33.

市民に挨拶をしながら風砂の大通りを歩いていると、途中で串焼き屋を発見した。

王都から移転してきた串焼き屋だ。

移転当初は出店場所をどこにするか模索しているみたいだったが、最近は風砂の大通りに狙いを定めている。大通りは落ち着いて販売ができるようであった。

「ヒルネちゃん！　一本いっとくかい⁉」

気のいい店主がヒルネを見つけ、声をかけてくる。聖女見習いからの付き合いで、大聖女になった今でも気さくに声をかけてくれる数少ない人物であった。

（タネトゥさん、今日も元気だね）

角刈りっぽいヘアスタイルに鉢巻が彼のスタンダードだ。本人のこだわりなのか、彼の串焼き屋台は清潔感があり、脂（あぶら）が跳ねて汚れた形跡がほとんどない。ヒルネが気に入った理由の一つでもある。

「今日もいいんですか？」

「もちのろんよ！　イクセンダールの香辛料を使った新作だよ！」

「そうなのですね」

屋台に近づいて網を覗き込むと炭火が赤く燃え、その上でじゅうじゅうと肉から脂がこぼれていた。香ばしい匂いについ頬が緩む。

（匂いで眠気がちょっと飛んだよ。美味しそう……）

「では……ブティのつくねを大聖女払いでお願いいたします」

「はいよ！」

大聖女払い――要するに無料である。

ジャンヌは王都で何度も見てきた光景なので、「まったくヒルネさまは大聖女らしからぬ……」と、小言を言うにとどめていた。

（私が食べると宣伝になるってことで生まれた支払い方法が〝大聖女払い〟というね……。これぞまさに Win–Win の関係）

支払い方法は見習い聖女払い、聖女払い、大聖女払い、とヒルネの昇格に伴って変化している。

そんなことを考えつつ、ヒルネは店主から串焼きを受け取った。

「美味しそうですね、ジャンヌ」

ほくほく顔で振り返ると、ジャンヌが何か言いたげな顔をして、「ヒルネさまが嬉しそうだと何も言えません」とつぶやいた。

お付きの聖職者たちが何度か止めようと口を開いたが、皆、ヒルネが楽しそうに串焼きを持っている姿を見て何も言えなくなった。大聖女らしくない振る舞いが、大聖女ヒルネにとっては自然な行動であるようにも見える。

何より、可憐な少女が嬉しそうに破顔している姿を見ると、見ている側も心が温かくなった。

「んんん——うまいっ！」

「はっはっは！　いい食べっぷりだ！」

もりもりと串焼きを食べるヒルネ。

（ピリ辛なタレと肉にもみ込まれた香辛料がアクセントになって、肉の旨味が存分に引き出されているね！　山椒（さんしょう）っぽい香りがイクセンダール産の香辛料かな？）

考えながらブティのつくねを頬張るヒルネ。

焦げ目が香ばしくてさらなる食欲をそそった。

「お付きのメイドちゃんもどうぞ！」

店主が嬉しそうに串焼きを出した。

「私が受け取りましょう」

ヒルネが受け取り、笑顔でジャンヌに串焼きを向けた。

「あーんですよ」

「ヒルネさま、私はお仕事中なので……その……」

「ほらジャンヌ、あーん。あーん」

「あの……ぁぅ……」

ジャンヌは今日こそは断ろうと眉に力を入れたが、数秒で観念して口を開いた。

「……いつも美味しいです」

「ありがとよ！」

ジャンヌが恥ずかしげな顔で賛辞を贈ると、店主タネトゥが破顔した。

「ジャンヌ、こういうときは大きな声でうまい！　と言うものです。それが串焼きの流儀というものですよ」

「そのような流儀は聞いたことが……」

「ほら一緒に、うまいっ」

「う、うまい……です」

二人はそんなやり取りをしつつ、串焼きを堪能してから大通りを進んだ。

ヒルネは気になるところがあれば立ち止まり、市民に話を聞く。

主に布団の素材になりそうなものや、人をダメにする椅子を進化させる素材などに注意を払っていた。

お付きの聖職者たちは市民思いのなんて素晴らしい大聖女であろうかと、ヒルネを見て誇らしい気持ちで歩いていた。いつもより聖印を切る動作に熱がこもっている。

結構な時間をかけてモルグール製鉄所に到着する頃には、周囲は夕暮れになり始めていた。

「ではまいりましょう」

アポなしで製鉄所内へと入ると、すぐに作業をしていた職人が気づき、急いでズグリ親方を呼びに行った。

数分で親方がやってきた。

「おおお……大聖女ヒルネさま」

「先日はフリーランス聖女のマクラがお世話になったそうですね」

カーン、カーンと鉄を打つ音を聞きながら、ヒルネがさらりと言った。

「我々こそ本当にお世話になりました。何度感謝申し上げても足りないほどです」

ズグリ親方は腹芸が苦手なタイプである。

大聖女服に身を包んだヒルネが訪問した理由がわからず、言葉が棒読みになる。

「あの……大聖女ヒルネさま？　フリーランス聖女マクラさまとはどのような関係で？」

親方はヒルネのガバガバな設定に混乱していた。

（そういえば……ヒルネとマクラは他人という話だった……どうしよう）

大して何も考えていなかったヒルネも狼狽（ろうばい）して、むうと考え込むと、顔を上げた。

「私は聖女マクラと知り合いでして……。そう、この間、話を聞いたんです」

「そうですか。それは、へぇー、そうですか」

「そうなのです。そうなのですよ」

「へぇー。ほぉー」

二名の大根役者が舞台に上がり、演技をしているような気まずさである。

ジャンヌは助け船を出すにもどうすればいいのかわからず、困った顔をしている。

数秒、変な空気が流れると、親方が話を変えようと手を叩いた。

「それで、大聖女ヒルネさま。こんな暑苦しい場所に何か御用で？」

「はい。実は時計塔を復活させようと思っておりまして」

「時計塔ですか？　はぁ〜、そりゃあいいですね！」

親方から好印象な反応が返ってきた。

ヒルネは笑みを浮かべた。

「ズグリ親方も時計塔に思い入れがおありですか？」

「そりゃあもちろんですよ。ガキの頃、鐘の音とともに生活していましたからね」

親方が昔を思い出したのか、語り始めた。

大聖女マルティーヌが在任中はイクセンダールも平和であり、鐘の音色で一日の始まりを感じ、昼過ぎの鐘で昼休憩をし、夜の鐘で家に帰る。

そんな生活をしており、幼い頃の親方は母親に「夜の鐘が鳴ったら必ず帰ってきなさい」と言われていた。時計塔の存在は市民の生活に密着していたわけだ。

大聖女マルティーヌが亡くなってからは瘴気の侵攻から身を守ることに必死で、気づいた頃には時計塔が破壊されていた。俺より歳が上の連中は、たまに昔を懐かしがって、時計塔の話をするんですよ。そう親方は話を締めくくった。

「ふむ……やはり時計塔はイクセンダールに欠かせないもののようです」

ヒルネは眉を上げた。

宝玉のような碧眼が魔石炭の炎で煌めく。その姿は辺境都市を救うために己の力を使う尊い大聖女そのものであった。

（みんなもほしい。私も安眠の鐘がほしい。これぞWin–Winの関係……！）

しかし、ヒルネはそんなことを真剣に考えていた。

「ヒルネさま、大聖女らしい素晴らしいお考えです！」

ジャンヌは感動して両手を胸の前で握る。

「おお……なんと崇高な」「ヒルネさま」「イクセンダールが変わっていく……！」

お付きの聖職者たちも恭しく聖印を切る。

ヒルネが安眠グッズを増やしたい願望半分であるとは、思ってもいないらしい。

「鐘は大聖女マルティーヌさまがモルグール製鉄所で作ったと、先々代のじいさんが言っておりましたよ。確か手記が残っていたはずです」

「そうなのですね。見せていただけないでしょうか？」

ヒルネはズグリ親方に連れられ、製鉄所の裏手にある事務所の建物へと入った。

黄土色のサンドストーンを利用した石の建物だ。

ヒルネ、ジャンヌ、お付きの聖職者は三階へ上がり、モルグール製鉄所の親方一族の部屋へと入った。

ズグリ親方は無骨な作りの部屋にある本棚から古ぼけた本を出し、「これだ」とテーブルに置いた。

ヒルネは背伸びして覗き込んだ。

（大聖女マルティーヌさまが聖魔法を使い、鉄を変形させて鐘にした――要約するとそんな感じだ

ね）

どうやら職人に鐘を作ってもらったのではなく、鉄の状態から鐘にしたようだ。

手記に描かれている鐘は丸い風鈴のような形をしていた。

（へえ……なんか丸くて可愛い形だね。大聖女マルティーヌさまはこういう形が好きだったのかなぁ）

今は亡き大聖女へ思いを馳せる。

（鐘の形はこれを真似ようかな……）

そう考えて横を向くと、ジャンヌが目を輝かせてヒルネを見た。

「ヒルネさまが作る鐘はどんな音がするのでしょう？」

「そうですね……私にもわかりません。綺麗な音が鳴ればいいのですが……」

「大丈夫です！　ヒルネさまならきっとうまく作れますよ！」

ジャンヌの笑顔を見て、ヒルネはピンときた。

（鐘の形は……決まりだね。あとは聖魔法で試しにいくつか鐘を作ってみよう）

ヒルネはにこりと笑い、貴重な資料をありがとうございましたとズグリ親方に礼を言った。

34．

ヒルネは聖魔法を使い、マクラ鉄から一つ試作品を作った。

まずは鉄を変形させられるかの検証を兼ねて、手のひらサイズにしてみた。

「ふむ……かなりの魔力を使いますね」

モルグール製鉄所の噴水広場の一角に一同は集まっている。

ヒルネの小さな手のひらに載った試作品を見て、ズグリ親方は目玉が飛び出さんばかりに驚いていた。

「鉄が聖魔法で半透明になった……しかも白い……あり得ねえ……」

周囲にいた職人たちも度肝を抜かれている。

ヒルネの付き人である聖職者たちは、繊細な魔力操作に肝をつぶしていた。

「これが…大聖女さまの聖魔法……」「物体操作、浄化、その他にも聖魔法が付与されている……」「ご祈禱の際は力を抑えておられるのか……」

普段からヒルネの聖魔法は見ているが、繊細な操作を必要とする聖魔法は初見であり、その技術力に驚きを隠しきれなかった。

（祈禱は寝てるだけなんだけどね……）

そんなことを思いつつ、手のひらサイズの試作品をジャンヌの手へ載せた。

「ヒルネさま……私が持つには恐れ多い品ですよ」

「なんの形になってるかわかりますか？」

にこりと笑って、ヒルネはジャンヌの瞳を覗き込んだ。

可愛らしいメイドはぱちぱちと何度かまばたきをし、すぐにピンときたのか口を開いた。

「わかりました！　ユキユリの花ですね？」

「大正解です～。正解者には肩もみの権利を差し上げます」

「肩もみなんてとんでもない！　私が後でヒルネさまにしてあげますね」

「あ、お願いします」

（ジャンヌの肩もみ気持ちいいんだよなぁ）

ヒルネは遠慮せずに首を縦に振った。

ジャンヌがうふふと笑う。

「というわけで、南方地域で人気のあるユキユリの花にしてみました。ズグリ親方、どうでしょうか？」

ユキユリを模した小さな鐘は、パーティーなどで使われるクラッカーの形と非常に似ており、下の部分が六枚の花びらになって分かれ、美しい曲線を描いている。深窓の令嬢のような儚げで気品のある一品であった。

ズグリ親方は片時も試作品から目を離さずにうなずいた。

「神業と言える造形だ。六枚の花弁も綺麗に形作られているな……こりゃ傑作だよ」

「すべては聖魔法を授けてくださった女神さまのおかげです」

ヒルネは胸の前で聖印を切った。

後ろにいる聖職者たちも恭しく聖印を切っている。

（聖印を切るのが完全に癖になってる件。これもワンダさんの教育の賜物か……）

幾度となくワンダに怒られた過去が思い出される。

厳しくとも愛のあるワンダのことは好きだが、いかんせんお説教が長い。

説教というワードを思い浮かべたら、なぜが眠くなってきた。

「ふああっ……では、この試作品はズグリ親方に差し上げます」

「え？　いいんですかい、こんな貴重なもの」

「いいんですよ。私の使う聖魔法なんてタダなんですから」

「いやぁ、タダって……そりゃあどうなんだい……」

近所の家に余った野菜を配るような調子のヒルネを見て、ズグリ親方が苦笑いをした。

プチサイズ鉄鐘の試作品は製鉄所の休憩所に風鈴として置かれ、優しい音色で職人たちに癒やしをもたらすのだが、それは数週間後のお話である。また、風鈴という商品がイクセンダールで大人気となるのだが、それも少し先の出来事だ。

「では、大きな鉄をこちらに持ってきていただいてよろしいですか？　そろそろ眠くなってきました」

あふあふとあくびをし、ヒルネがぺこりと一礼する。

「おう！」

ズグリ親方は気を取り直し、職人たちを呼んで作業に当たらせる。

ヒルネ、聖職者たちは気の利く職人が持ってきてくれた椅子に座り、ジャンヌが試作品の小さな鐘と交換で、休憩所から借りてきたティーセットでお茶を淹れた。

（メイドと言えばお茶。お茶と言えばティーセット。聖水で淹れた紅茶の香り……落ち着くね）

ほうとため息をつき、水滴を散らしている噴水をぼんやり眺める。

広場の奥では噴水から汲み入れた聖水を利用して、鉄鉱石の洗浄が行われていた。機敏に動く職人たちが視界に映り、ついその仕事ぶりを目で追ってしまう。

（昔にお母さんと行った蕎麦屋、美味しかったなぁ……ガラス越しに見る蕎麦切りが楽しかった）

なんとなく前世の出来事を思い出しつつ、紅茶を口に運ぶ。

何人もの職人たちがヒルネを見て嬉しそうに一礼していくので、笑顔で応えた。

街の救世主であり、復興の象徴でもある大聖女がのほほんと紅茶を飲んでいる姿が心を熱くさせるのか、職人たちの仕事にも精が出ている。ヒルネは黙っていればプラチナブロンドの見目麗しい少女であり、絵本から飛び出した大聖女そのものだ。職人たちの気分が高揚するのもうなずける。

（蕎麦ってこの世界にあるのかな……うん、クッキーが美味しい……硬めなのがグッド）

ぽりぽりとのんきに出されたお茶請けを食べる大聖女。

「ヒルネさま、お口にクッキーが」

甲斐甲斐しくジャンヌが世話をしてくれるのがありがたい。

「落ち着きますねぇ……このまま寝ましょう。ジャンヌ、膝枕を――」

「何を言っているんですか、寝ちゃダメですよ。鐘を作るんですよね？」

「そうでした。まったりしすぎて目的を忘れるところでした」

のんびりしているうちに日は暮れ始め、鐘の製作用に製鉄された鉄の塊が運ばれてきた。

丸太を並べて二十人がかりで押している。

おーえい、おーえいという掛け声が製鉄所に響いた。

（大きい！　この大きさだとお寺とかにあった鐘の倍ぐらいになりそうだね）

運ばれてくる鉄塊を見てヒルネは目を輝かせた。

「これを鐘にすれば街の外……ディエゴ村まで音色が届きそうですね」

うんと一つうなずき、ヒルネは立ち上がった。

ジャンヌが手に残像が残るほどの素早さでティーセットを片付ける。

「ヒルネさま、こいつでどうだ？　良質な鉄鉱石を丸ごと製鉄したぜ」

ズグリ親方が頼もしい顔で鉄塊を叩いた。

「素晴らしいですね。では、聖魔法を使って変形させていきましょう。かなり魔力を使いそうなので眩しいと思いますよ。皆さん、少し下がってください」

ヒルネの指示に皆が鉄塊から距離を取る。

聖職者たちは手のひらサイズの鉄塊を変形させるだけでも相当量の魔力を使用することを心配し、やや緊張の色を顔に見せている。

ジャンヌは両手を胸の前で組んで、

「ヒルネさま、頑張ってください！」

と応援した。

「まかせてください」

鉄塊は銀色の鈍い光を反射させている。

(イメージが大事だよね。さっき小さい鐘を作ったときも、イメージを膨らませたら変形が加速したし……。とりあえず失敗してもいいやって気持ちでやってみよう)

ヒルネは祈るように目を閉じた。

聖句を省略せず、一言一句間違えないよう、慎重に詠唱していく。

いつしかヒルネの周囲には星屑が舞い始め、ジャンヌ、聖職者たち、ズグリ親方、職人たちはその光景に目を奪われた。

(聖句詠唱完了――魔力を鉄に注入……安眠効果と……心穏やかになる音色を……)

ヒルネは集中してイメージを膨らませていく。

何度も頭の中でユキユリの形をした鉄鐘の完成形を思い浮かべ、やり直してはまた想像する。

「聖なる安眠の大鐘――!」

35.

目を見開くと、魔法陣が鉄塊の周囲に多重出現し、星屑が音を立てて噴き上がった。

(くっ……これは想像以上に……魔力を使うね……)

ヒルネは両手を鉄塊に向けて聖魔法を行使する。

鉄塊の周囲には何十個もの魔法陣が重なり、シャラシャラと軽い金属のこすれ合う音を響かせて八方から星屑が流れ込んでいく。周囲は昼のような明るさだ。

「ヒルネさま……大丈夫ですか……！」

背後にいるジャンヌが目を細めながら心配した声を上げた。

「……モーマンタイです」

「よくわかりませんよ、ヒルネさまっ……」

二人がやり取りしている間も、星屑が我先にと鉄塊へ飛び込んでいき、いつしか鉄塊の周りには星屑の集合体で作られたミニヒルネが現れ、現場を監督し始めた。

（勝手に分身が出ちゃったけど助かる！）

ミニヒルネが細かい操作を受け持って、星屑を誘導する。

（それにしても……鐘の音色に浄化効果を付与したのは……ちょっとやりすぎだったかも……）

いつもは余裕のある状態で魔法を使っていたが、せっかくならと張り切ったのがいけなかった。莫大（ばくだい）な魔力と、途方もない魔力操作を必要とする聖魔法になってしまっている。

付与した効果は、
自動鳴鐘（朝昼晩の三回、自動で鐘が鳴る）、
音色浄化（音の鳴る範囲にいる瘴気を浄化する）、
成長促進（農業に効果あり）、

造形維持（鐘の形が変わらない。劣化しない。錆びない）、という四つである。

どれも破格の効果があり、特に音色による浄化効果は、聖女が百人集まっても付与できない、最高峰の聖魔法であった。

多種多様な聖魔法用の聖句をイメージ力でアレンジしているところもヒルネの特徴であり、元日本人である知識が存分に働いていた。たとえ他の大聖女であっても、これほどの効果を付与するのは厳しいだろう。

（どんどん星屑が吸収されていく。もっと気合いを入れないと……）

鉄塊の上では星屑がザァァァと音を立てながら、渦を巻いている。

「……ジャンヌ」

「なんでしょう？」

いつものヒルネらしからぬ真剣な声色に、ジャンヌが顔を突き出した。

「何か、やる気の出ることを言ってくれませんか……、このままでは……失敗しそうです……！」

「やる気ですね。わかりました！　専属メイドとして頑張ります」

ヒルネに頼られてやる気を見せるジャンヌ。

ふんと両手の拳を胸の前で握り、数秒考えてから口を開いた。

「私のお小遣いで——新しいお布団を買いましょう！」

魅惑の言葉であった。

ヒルネは一瞬、ここが製鉄所であることも忘れて両目を見開き、ジャンヌの瞳を見つめた。

「ほ、本当ですか？　いえ、いえ、いけませんよジャンヌ。大切なお金を私のお布団に使うなんてそんな……」

「実はですね、寝具店ヴァルハラのトーマスさんにお願いをして、もう注文してあるんです」

「……それは本当ですか？」

「いつも一緒に寝ていますから……私のお布団でもあるんですよ？」

えへへ、と照れ笑いをしてジャンヌがはにかんだ。

ホントは黙っているつもりだったんですけどね、と嬉しそうにつぶやいている。

（なんて……なんていい子なの⁉　私の可愛いメイドさん！）

ヒルネは笑みを浮かべて、「おふとん、おふとん、おふとぉん」と掛け声付きでぴょんぴょん跳んだ。

胸の奥底から喜びがあふれ、それに呼応するかのように魔法陣から星屑が飛び出していく。

鉄塊の周囲で現場監督をしているミニヒルネも心なしか気合いが入ったようで、指笛を鳴らすポーズを取って螺旋を描いている星屑をコントロールする。

「本気を出しますよ！　見ていてください！」

ヒルネは喜びの気持ちをそのままに、魔力をさらに注入する。

カッと閃光が瞬いたかと思うと、鉄塊がふわりと浮き始め、その上部に巨大な魔法陣が出現した。

「鉄が浮いたぞ！」「こりゃあすげえ！」「おお、女神ソフィアさま……大聖女ヒルネさま……」

見守っている面々から感嘆の声が漏れる。

魔法陣に包まれた鉄塊は夜空へ上がり、幾筋もの星が流れるようにして聖魔法の残滓が街へ落ちていく。鉄塊の周りでは星屑が舞い、躍り、新しい鐘の誕生を喜んでいるのか、煌めきが止まらない。

現場監督をしていたミニヒルネはもう手に負えないとあきらめたのか、近場にあった星屑をかきあつめてベッドを作り、ぐうぐうと鼻提灯を作って寝始めた。

「ヒルネさま……目が虹色に……」

ジャンヌが驚きの声を上げた。

ヒルネの大きな瞳が透き通るような七色に変化し、魔力によって絶え間なく色彩が変化している。

「ジャンヌ、もう少しで完成ですよ……ほら……見て！」

ヒルネが言った瞬間、あたり一面が真っ白になるほどの閃光が走った。

◯

その頃、時計塔跡地である中央女神広場で作業をしていたホリーとジジトリアは、街の北側に閃光が見えたため、空へと顔を向けた。

ホリーはノートを持ち、ジジトリアは持参した時計塔の聖典を見ていたところであった。

二人の他にも建築士、彫刻家、木工技師、時計職人などといった職人が集まっている。

広場にいるすべての人々が空を見上げていた。

「ジジトリアさま、聖魔法の反応が……」

「なんということだ……星が……天へ集まっていく……」

「こっちに星屑が飛んできます！」

ホリーがノートを閉じて空を指さした。

キラキラと星屑が輝き、軽快に風を切る音を立てて時計塔へ向かってくる。

「これ……ヒルネの聖魔法？」

ホリーは莫大な魔力の奔流を感じ、きらめく星屑に目を奪われる。

「そのようですな。ヒルネさまは製鉄所で一体何を……」

やがて星屑が瓦礫の山と化している時計塔に集結し、巨大な球体になって、ふよふよと形を変え始める。何か別のものへと変わりたいのか、もがいているようにも見え、少しずつ球体が縦長へと変化していく。

「これは何の魔法でしょうか……？」

「幾千もの聖魔法を見てきましたが……私にもわかりかねます」

ホリーは未知なる魔法に心細くなり、ジジトリアのローブの裾をつかんだ。

ジジトリアはこの光景を見逃してはならぬと直立している。

職人たちもいきなり起こった現象に目を向け、固唾を飲んだ。

絶え間なく星屑は降り注ぎ、小さな破裂音を響かせて瓦礫だらけの広場に落ちていく。

縦長に変形した星屑の集合体は数十秒ほどかけて、人間のような形へと変化した。

「ああ……これはなんという……」

ジジトリアが感極まって何度も聖印を切った。

集合体は大聖女の礼装に身を包んだ、髪の長い女性へと姿を変えた。

聖杖を持ち、ゆらゆらと髪を揺らし、星屑が集まってできているため顔の細部まではわからないが、表情は慈愛に満ちた微笑みを浮かべているように見えた。

ホリーは五月雨（さみだれ）のように星屑が降る空を見上げ、得も言われぬ興奮を覚えた。

「このお方はどなたなのでしょう……ジジトリアさま……？」

「大聖女……マルティーヌさまでございます」

ジジトリアは何度も何度も聖印を切って、涙を流した。

年配の職人たちは大聖女マルティーヌを見たことがあるのか「マルティーヌさまだ……」「大聖女さまがご降臨なされた」などつぶやきを漏らした。

皆の声を横目に、ジジトリアが唇を震わせた。

「私は幼い頃、大聖女マルティーヌをお見かけして聖職者を志しました。天に召されたマルティーヌさまを、また、このような形で……拝見できるとは……ああ、奇跡でございます……」

「大聖女マルティーヌさま……」

ホリーはつかんでいたジジトリアのローブの裾を離し、銀色に輝く大聖女マルティーヌへ聖印を切った。

すると、大聖女マルティーヌがキラキラと輝きながら笑みをこぼし、ふわりとホリーのもとへと降りてきた。

煌めきと神々しさにホリーは動けず、大聖女マルティーヌに見入ってしまった。

瞳はないのだが、確かに目が合っているように感じて、胸が熱くなってくる。

「大聖女マルティーヌさま……私はメフィスト星教南方支部の聖女、ホリーと申します」

ホリーがつぶやくと、手に持っていたノートがひとりでに浮いた。

「あ……」

ノートが宙で勢いよくめくられていく。

大聖女マルティーヌは中身を見たのか、人間らしくうんうんと何度かうなずき、ノートを手に取ってホリーへと返した。

「あの……ありがとうございます……」

小さな手でホリーが受け取ると、大聖女マルティーヌがぱちりとウインクをした。

「――――ッ」

どきりとホリーの心臓が跳ねると同時に、降り注いでいた星屑が動きを止め、広場の瓦礫の山へと吸い込まれていく。

「時計塔が――」

瓦礫の山になっていた石材や木材が光り輝いたかと思うと、ホリーの考案した時計塔の姿へとみるみるうちに変化していった。

ものの数十秒で広場の瓦礫は完全に除去され、レンガで舗装された遊歩道が出現し、可愛らしいゴシック調の時計塔がそびえ立っていた。最上階に上れば街を一望できそうな高さだ。

「私の考えていた……塔が……一瞬で……」

ホリーは首を上へと動かした。

美しい曲線を描きながら伸びている時計塔には赤い円錐(えんすい)状の屋根が載っており、時計をはめ込む大きな丸いくぼみがある。柱にもくぼみがいくつもあり、ここへ彫刻を置いてくださいと大聖女マルティーヌが言っているように見えた。

職人たちは何の声も出せずに、目の前で起きた奇跡に口を開けている。

「……」

感動して震えているホリーを見て、星屑姿の大聖女マルティーヌはにこりと笑い、ホリーの頭とジジトリアの頭をゆっくりと撫でた。

そして、光の曲線を描きながら空へと昇っていき、搔(か)き消えた。

いつしか星屑は止んでおり、粉雪のように星屑の残滓が広場へと落ちている。

銀色の煌めきが地面に吸い込まれると、遊歩道の脇に見える地面からぽこぽこと音を立ててユキユリが生え始め、広場は真っ白の花に包まれた。

「わあっ……すごい綺麗！」

ホリーはジジトリアがいることも忘れて飛び上がり、両手を広げて跳ねるようにして回った。

「奇跡だわ！　マルティーヌさまの奇跡よ！」

「大聖女マルティーヌさまを……きっと、ヒルネさまが呼んでくださったのですね……」

ジジトリアは涙を拭くことも忘れてその光景に見入っている。

彼の声が耳に入ったホリーはぴたりと動きを止め、はしゃいでいた自分を恥ずかしく思ってこほんと咳払いをし、聖女服のスカートを正した。

「ヒルネの聖魔法は想像をはるかに超えますね、ジジトリアさま」

「真に……真にそうでございますな……」

「綺麗な時計塔——素敵——」

ホリーは手に持っていたノートをぎゅっと抱きしめ、自分が考案した時計塔を見上げて、満面の笑みをこぼした。

時計塔の赤い屋根とユキユリの花たちが、いつか見た夢物語の一ページに見えた。

36.

ユキユリの咲き乱れる中央女神広場にて、時計塔の完成式が執り行われようとしていた。

雲一つない青空の下に、聖魔法の力で現れた大聖女マルティーヌが新しく作り変えた時計塔がそびえ立っている。

赤い屋根の下にユキユリ形の大鐘が設置され、さらにその少し下の外壁には時計職人が作成した大時計がはめ込まれ、新しい時を刻んでいた。

「ヒルネさま、大鐘が輝いていますね！　ぴかぴかです！」

式典用に作られた舞台の脇に控えているヒルネに、ジャンヌが嬉しそうに話しかけ、時計塔の最上部を指さした。

（我ながら欲張った効果が付与されてるね。魔力を込めすぎたかな……）

ヒルネも空を見上げた。

聖なる安眠の大鐘は外からでもその姿が見える。

もとは鉄塊であったとは思えない半透明の繊細な鐘で、シャボン玉のように見る角度によって光彩が変化する。ハンマーで叩いたら簡単に割れてしまいそうな見た目だ。

（どれだけ叩いても割れないけどね）

両目に鑑定の聖魔法をかけ、大鐘の効果を確認する。

自動鳴鐘、音色浄化、成長促進、造形維持の聖魔法が間違いなく付与されていた。

（ふむ……いちおう盗難防止もかけておこうか）

ヒルネはそう思い立ち、聖句を省略して狙いを定め、聖魔法を大鐘に撃ち込んだ。

巨大魔法陣が出現し、星屑が躍るようにして時計塔へ吸い込まれていく。

「わあっ！」「聖魔法だ！」「ヒルネさま万歳！」

時計塔の完成式に集まっていた市民たちから拍手が送られる。

わあああ、と拍手の波は広場の奥へ波及していく。

本日は辺境都市全体が休日となり、中央女神広場は屋台が出てお祭り騒ぎになっていた。

「ちょっと、急に聖魔法を使わないでよ」

水色の髪をなびかせ、様子を見に来たホリーが口を尖（とが）らせた。

ホリーも新しい時計塔の設計発案者ということで、ヒルネとともに舞台へ上がる予定だ。

「みんなびっくりしているじゃないの」

ホリーが教会の関係者たちをちらりと見た。

すみませんとヒルネは謝り、時計塔を指さした。

「大鐘がいい出来栄えだったので、盗難防止の聖魔法をかけておきました」

「ああ、悪人の気持ちに訴えかけるあの聖魔法ね。確かに必要かも」

ホリーが納得してうなずく。

すると、式典の準備をしていたワンダがやってきた。

その真剣な表情に、ヒルネ、ホリー、ジャンヌは自然と背筋が伸びた。

「ヒルネ、自由もほどほどに。時計塔の中で作業をしていた職人さんが、星屑に驚いて腰を抜かしてしまったそうよ」

「それは申し訳ありませんでした。思いつくとすぐに行動したくなってしまうんです。昔はこんなことなかったんですけど……」

（急に星屑が大量発生したらびっくりするか……）

指を突き合わせながら頭を下げるヒルネ。

「昔って、あなたまだ十歳でしょうが」

ホリーがやれやれと肩をすくめて指摘を入れる。

ワンダはヒルネの姿を見て息を吐き、気持ちを切り替えると、微笑みを浮かべた。

「ヒルネ……イクセンダール辺境都市の古い物語には必ず時計塔が出てくるのよ。美しい音色で皆を守り、皆と共に生きる……街の象徴だったの」

「物語に……？」

ヒルネは碧眼でワンダを見つめた。

「そうよ。私が見習い聖女だった頃、西教会の図書室で何度も読んだわ」

遠い昔を思い出すようにして、ワンダが聖なる安眠の大鐘を見上げた。

「大聖女の作った鐘の音が、人々に安寧と平和をもたらしたと——そう記載されていたわね」

「そうなんですか。大聖女マルティーヌさまが顕現されたのも、それが理由でしょうか？　みんなの無事を祈っていたから、天界から下りてきてくださったとか？」

ヒルネが首をかしげると、ワンダが深くうなずいた。

「慈悲深いお方であったと……南方支部の聖職者たちが言っています。この地に眠っていたマルティーヌさまの思念の残滓がヒルネの聖魔法によって集合体となり、一時的ではあるにせよ、マルティーヌさまを現世にお呼びするに至ったのでしょう」

（いまいちわからないけど……奇跡が起きたってことでよしとしよう）

ヒルネは気楽に考えることにした。

聖魔法はたまに制御不能になるが、悪いことが起きたためしが一度もない。

それもこれも女神ソフィアへの信頼につながっている。

(金髪碧眼美少女の女神ボディをもらったからね……みんなの不利益になることは起きないよ)

考えているヒルネを見て、ワンダは眠気が来てしまったのかと肩に手を置いた。

「ヒルネ、式典が終わるまでは寝ないでちょうだい。皆が鐘の音色を楽しみにしていますよ」

「十時間睡眠したので大丈夫です。ホリーの抱き枕付きで」

びしりと親指を立ててみせるヒルネ。

「人を抱き枕にしないでよ。毎晩毎晩寝苦しいんだからね」

ホリーが聞き捨てならないと口を挟んだ。

「おやおや。そう言いながらも私に抱き着いてくるじゃないですかぁ～」

「そっ……そんなことないわよ！　あなたが眠れるように気をつかってあげてるのよ」

ふんとホリーがそっぽを向き、ジャンヌがそれを見てクスクスと楽しそうに笑った。

「大教会で一緒に寝る許可は出しましたが、くれぐれも無断外出はしないように。フリーランス聖女マクラの問い合わせでジジトリアさまが苦労されているのよ……」

ワンダが目を細めてヒルネを見つめる。

これは式典が終わったらお説教かと、ヒルネは息をのんだ。

そこで、背後から声が響いた。

「私は苦労などしていませんよ、ワンダ殿」

「大司教ジジトリアさま――」

ワンダが一礼し、ヒルネが「あっ、ジジさま」と言って手を振った。

ヒルネはゆったりとした足取りで向かってくるジジトリアへ笑みを向ける。

額に大きな星形のシミがあるジジトリアは、いかにも好々爺といった雰囲気の持ち主で、いつも笑みを浮かべている。

「ヒルネ、鐘の音色が楽しみですね。どのような音が鳴るのか、年甲斐もなく興奮しておりますよ」

「私もまだ聞いていないんです」

「それはますます興味深い」

ジジトリアは聖なる安眠の大鐘を見上げ、ヒルネへと視線を落とすと、ワンダ、ホリー、ジャンヌへと目を滑らせた。

「一つ、皆さんにとっておきの秘密を教えて差し上げましょう」

「秘密ですか？」

ホリーが真っ先に尋ねた。

「先ほどワンダ殿が大聖女マルティーヌさまは慈悲深い方だと仰っておられましたが……実はそれだけではないのです」

「へぇ～、ひょっとして、布団が好きだったとか？」

ヒルネが聞くと、ジジトリアがほっほっほと笑った。

「そうではございませんよ。さて、この秘密はホリーさまならわかるかと思いますよ」

「私なら？　ううーん……」

腕を組んでホリーが考える。

「なんだろう……素敵なお方だったとしか思い出せないわ……」

「マルティーヌさまと実際に仕事をしていた年寄りには有名な話ですよ。正解はですね、大聖女マルティーヌさまは見目麗しく、慈悲深いお方でしたが……それと同時にいたずら好きの困ったお人でした」

「いたずら好き？　大聖女さまがそんな……」

ホリーはそこまで言って、あっと口の中で声を上げた。

「そういえば、私にウインクしてらっしゃいました。なんだか楽しげな感じで、ちょっと大聖女らしからぬと思いました」

ホリーは星屑の大聖女マルティーヌがウインクしてノートを返してきた姿を思い出す。確かにいたずら好きと言われれば、納得ができた。

「なるほど。お茶目な大聖女だったんですね。変わった人もいたものです」

ヒルネがつぶやくと、ホリーが顔を近づけた。

「あなたに言われたくないわよ、あなたに」

「痛い。痛いですよホリー」

ずんずんとホリーがヒルネの肩を指でつつき、ふっと笑みをこぼして手を止めた。

「そっか……マルティーヌさまのいたずらは成功ですね。きっと、後任の大聖女が鐘を作ると起動する聖魔法を仕掛けたのでしょう。どんな聖魔法なのか見当もつきませんけど」

ホリーがジジトリアとワンダに向かって言うと、二人がうなずいた。

「そうかもしれませんし、そうでないかもしれません。おそらくですが、ヒルネさまでなければ到底起こせない女神の御業……奇跡でした。それは揺るぎようのない事実です」

ジジトリアがにこりと笑い、ホリーとヒルネを見つめた。

ワンダがそれに続いて口を開く。

「そうですね。何にせよ、ヒルネは大聖女マルティーヌさまの慈悲深さ、愛を与える行いを〝いたずらは抜きにして〟見習わなければなりません。古書室で来週から勉強会を開きましょう」

ワンダが満足そうにうなずくと、ヒルネが頭を押さえた。

「ううっ、勉強会……眠くなるんですよね」

「大丈夫ですヒルネさま。私が一緒に行きますよ」

ジャンヌがここぞとばかりにやる気をみなぎらせる。

「眠気を逃がすお手伝いをしますから頑張りましょう」

「ジャンヌが言うなら仕方ありません。ワンダさま、勉強が終わったらお昼寝時間を三十分いただいてもよろしいでしょうか?」

「いいでしょう。ダメと言っても寝てしまうから……拒否のしようもありません」

ワンダが凛々しい眉を少し下げ、優しく目を細めた。

「大聖女ヒルネさま――お時間でございます」

進行役を務める聖職者から声がかかり、ヒルネとホリーは「わかりました」と、特設された舞台へと上がった。

37.

司会役である聖職者から、ホリーの考案した時計塔の設計が、大聖女マルティーヌに認められたという奇跡が伝えられると、集まっていた市民から一斉に拍手が起こった。

ヒルネ着任から何度も起きる奇跡に、イクセンダールの市民たちは街の復興を信じて疑わない。

皆が晴れやかな顔をしてホリーに手を振っている。

「――星の祝福を」

ホリーが聖句を紡いで祝福の星屑を出せば、皆の笑顔がより大きなものになった。

「ふう……」

失敗しなかったことに安堵し、ホリーは一息ついた。

恭しく聖印を切れば拍手喝采だ。

舞台から下りるため踵を返し、舞台上の椅子に座っているヒルネをちらりと見た。

「素晴らしい聖句でしたよ」

ヒルネは気楽な調子で手を振った。

「めずらしくヒルネが寝てない……」

ホリーが驚きつつ舞台袖へ戻ると、今度はヒルネがゆっくりと立ち上がった。

手には聖書を持っている。

(すごい数の人だね。……うーん、それにしても人前に出ても緊張しないのは、転生したおかげかな?)

ぼんやり考えながらヒルネは舞台の前方へ行き、ぐるりと広場を見回した。

何千人の視線がこちらに集まっている。

(うん、みんなに聞こえるように、拡声の聖魔法を使おう)

ヒルネは聖句を省略し、聖魔法を行使した。

星屑がきらりと舞って、ヒルネの背後をふわふわと浮遊した。

「メフィスト星教——女神ソフィアの名のもとに、汝(なんじ)らの永い幸福と安寧を祈願いたします」

ヒルネが大聖女らしく厳かな口調で言った。

中央女神広場の空気が静謐なものへと変化していく。

マイペースな手付きで聖書を開き、ページをめくった。

「聖書——第二節——清き泉に住む牝牛(めうし)の章——」

ヒルネの細く、透き通る声が響き渡る。

大聖女の聖書朗読など、生きているうちにそう何度も聞けるものではない。

集まっている市民は一斉に雑談をやめた。

しんと中央女神広場が静まり返る。

「牝牛はたくさんの子を産んだ——光と見紛う黄金の仔牛(こうし)が交じっていた——」

ヒルネの声が拡声魔法で朗々と響く。

本人は眠気を我慢しているだけなのだが、その独特な言い回しと韻律に、聴衆は息をするのも忘れて聞き入った。

その場にいる全員が、自分が広場にいることを忘れ、ヒルネの姿に見入っている。

「——泉の水は涸(か)れゆくが——青々とした草木が平原を埋める——」

いつしか広場の上空に星屑が出現し、粉雪のようにゆっくりと降り注いだ。

美しいきらめきに、集まっていた人々は感嘆のため息を漏らした。

朗々と紡がれるヒルネの声は、やがて宙へと溶けていき、時計塔の鐘が揺れ始める。

薄い氷を割くような音がすると、その音はリーンリーンという、可愛らしい旋律へと変化していく。

「おお」と人々が時計塔を見上げ、声を漏らすと、鐘の音色は波紋のように広がり、街中にある建物の外壁を反響しながら、さらに遠くへ広がっていく。

ヒルネの声とともに、いつしか鐘の音色は、天使の歌声のような美しい響きに変わった。

「不思議な音ですね……」

「そうね。心地よい気持ちになるわ」

舞台袖からヒルネを見守っているジャンヌとホリーが、うっとりした顔つきで言った。

「いつかこの光景が伝説となるでしょう」

ワンダは時計塔を見上げ、聖印を切っている。

「ああ……マルティーヌさま……見ておられますか……イクセンダールの時計塔が……小さな大聖女さまによって……復活いたしました……」

大司教ジジトリアは感激で涙を流し、膝をついて祈りを捧げている。

（いい気分…………素敵な鐘が作れたみたいで……よかったよ……）

ヒルネは聖書を読み終え、眠くなってきて大あくびをした。

ふあふあと口を開けると視界がぼやけてくる。

「ああ……とても気持ちがいいです……」

眠気でふらりとよろけた。

「ヒルネさま……！」

気づいたジャンヌが舞台袖から飛び出し、ヒルネが倒れる寸前で抱きかかえた。

「ジャンヌ……安眠の大鐘……いい音色ですねぇ……」

半分寝ながら、そんなことをヒルネが小声で言っていると、ホリー、ワンダ、ジジトリアが早足に舞台へ上がってきた。

「ジャンヌ。ヒルネはどうしたの？　まさか魔力欠乏症？」

ホリーがヒルネの顔を覗き込むとすべてを察し、はあとため息をついた。

続いてやってきたワンダ、ジジトリアも安堵の息を吐いた。

「眠くなっただけですね。まったく……この状況でよく眠れるわね」

ホリーが広場を見渡した。

市民たちは鐘の音色を聞いて拍手喝采であった。

しばらく拍手は鳴りやまず、大鐘は皆を見守るように揺れ、美しい旋律を紡いでいる。

「ヒルネさま、起きてください。ヒルネさま」

舞台上で寝た大聖女を起こそうとするジャンヌ。

するとヒルネがひときわ大きな声で、

「ああ――おふとんがそこに見えますね――」

と言った。

拡声魔法の効果でヒルネの寝言が爆音で響き渡る。

広場中に笑いが起きた。

「ありゃあ、寝ちゃってるよ」「ふふ、ヒルネさま寝てるね？」「居眠り大聖女さま万歳！」「私も眠くなってきちゃった」「大鐘をありがとう大聖女さま！」「よっ、居眠り姫！」

老若男女が笑顔で手を叩いて、舞台のヒルネへ顔を向けていた。

「ああっ……ヒルネさまったら、恥ずかしいです……」

「何やってんのよ……」

ジャンヌ、ホリーが苦笑いを浮かべ、ワンダはため息をつき、ジジトリアは優しく笑った。

ヒルネは完全に寝入ったのか、ジャンヌのお腹にぐりぐりと顔をこすりつけた。

「これを聞けばワンダさんのお説教も……きっとなくなって……安眠……ぐぅ……」

中央女神広場にはしばらく大鐘が鳴り響き、人々の笑顔が消えることはなかった。

○

その頃、都市郊外のディエゴ村にも、大鐘の音色が届いていた。

イクセンダール辺境都市の台所とも言える広大な穀倉地帯であるディエゴ村は、瘴気との戦いの日々が続いている。

主に栽培している小麦と果実を守るため、村人の持ち回りで昼夜問わず見張り番を出しているのが現状だ。

「鐘の音色が聴こえる……」

今年で五十になる村長は家から飛び出し、辺境都市の方角を見つめた。

微(かす)かではあるが、美しい鐘の音が聞こえてくる。

本日お披露目と聞いていたが、本当に村まで音色が届くのか半信半疑であった。しかし、辺境都市からかなりの遠方にもかかわらず、村に音が届いている。

「おお……大聖女さま……」

先日、村へ巡回に来てくれた、孫と変わらない年齢である大聖女の姿が脳裏に浮かぶ。

金髪碧眼、絵本からそのまま飛び出してきたような美しい女の子だ。やはりあの子は伝説になる

子であったかと、感動が止まらない。

「懐かしい音色だ……」

村長は自身の少年時代をふと思い出した。

まだイクセンダールに大聖女マルティーヌがいた頃、鐘の音色に守られるようにして、穀倉地帯は豊かに実をつけていた。

瘴気もなぜか音の聞こえる範囲には寄り付かず、平和なものだった。

川のせせらぎに耳を傾け、心行くまで自然とともに遊んだあの少年時代が、なぜか村長の脳裏に去来し、胸を締め付けた。

もしやと思い、村長は駆けだした。

広大な村の外側へと疾走する。

こんなに全力で走ったのはいつぶりだと内心で笑いながら、はあはあと息を弾ませ、村の居住区を通過し、常日頃から心配している村の端にある小麦畑に到着した。

「……ああ……やはり、瘴気が消えている……」

村で一番の大きな畑であるにもかかわらず、村の端にあるせいで、常に見回りを必要としている場所だ。

毎日、村人がたいまつを焚き、聖水を撒いている。片時も休む暇はない。

それが今は誰一人として作業をしていなかった。

「村長！　てえへんです！　瘴気が消えちまったんです！」

若者が駆け寄ってきて、驚きを隠そうともせずに両手を広げた。

「鐘の音が響いたらですね、日陰で動いていた瘴気が消えちまったんですよ！　村長、聞いてますか?!　というか、なんでそんなに息が上がってるんですかい？」

村長は汗が垂れるのも構わず、若者の肩をつかんだ。

「大聖女さまの大鐘だよ。もう俺たちは寝ずの番をしなくていいんだ！　大聖女マルティーヌさまのときもそうだったんだ！」

「それ本当ですか?!」

「俺が小さい頃は鐘の音色が一日三回響いてな……この村も瘴気が出なかったんだよ！」

「俺っちもばあさんから散々聞いた話ですよ。これって本当の話だったんすね……」

「ああ、本当だ！　よかった……本当によかった……！」

「そいつはすげえや！」

若者が飛び跳ねて喜んでいるのを横目に、村長は熱くなった目頭をぐいと袖で拭う。

すると、小麦畑の奥から壮年の農夫が走ってきた。

「村長！　村長！　大変だ！」

「どうした？」

村長は顔をそちらへ向けた。飛び跳ねていた若者も近寄ってくる。

「枯れそうになっていた果樹園が元通りになった！」

「……どういうことだ？」

「だから、枯れてんのがぜーんぶビンビンになってるんですよ！」

村長が意味がわからず首をひねると、農夫は「いいからついてきてください」と手を引き、走り出した。

「待て待て……体力が……」

息切れをさせながら農夫の言う村の最南端へと到着すると、あたり一面に瑞々しい葉を揺らす果樹園が広がっていた。

村長はあり得ない光景に身体が震えた。

「つい昨日まで半分は枯れていたのに……どうして……何が起こった？」

「鐘の音色が聞こえてきたら急に果樹が揺れ出してですね、もうぼこぼこと実をつけるわ葉が生えるわで度肝を抜かれました」

農夫が興奮して果樹園を指さし、駆けだした。どうやら実った果実を取りに行ったらしい。

村長は夢でも見ているのかと思い、乾いた笑い声を漏らして「頬を思い切りつねってくれ」と、ついてきた若者にお願いした。

素直な若者が遠慮なく頬を引っ張る。

「いたたたっ！　ちょっと強いぞ！　年寄りにはもっと優しくしてくれよ」

「つねれって言ったのは村長ですよ」

若者は悪気なく大笑いし、目の前に広がる青々とした果樹園を見つめた。

「村長……大聖女さまって偉大なんですね……」

若者の日焼けした横顔を眺め、村長も果樹園へ視線を戻した。

「……この村は……もっとよくなるぞ」

「ですね……」

「あの子は……女神ソフィアさまの生まれ変わりかもしれないな……」

村長は今一度ヒルネの顔を思い出し、空を見上げた。

長いプラチナブロンドが風で揺れる姿が、つい先ほどの出来事のように思い出される。

もし自分が少年だったら、きっとあの子に惚れちまっていただろうなと思い、ふっと笑みをこぼして鼻を指でこする。枯れていた自分の青春が生き返ったみたいで、やけに胸の奥が熱くて、それが恥ずかしくもあり、心地よくもあった。

数秒すると、駆けていった農夫が戻ってきて、ずいと目の前に果実を出した。

「村長見てくだせえ！　見事なリーフオレンジですよ？　匂いもほら、ほら！」

ぐいぐいと甘酸っぱい香りのする果実を顔の前に出され、村長は淡い青春の心持ちがどこかへ霧散した。笑顔で「落ち着け」と農夫に言いつつ、橙色（だいだいいろ）をしたリーフオレンジを受け取った。

「見事だなぁ」

リーフオレンジの表皮は少年の肌のように瑞々しく、つるりとして若々しかった。

38.

大鐘が鳴り、昼休みとなった。

聖なる安眠の大鐘は三日を経ずして、皆の生活に自然と溶け込んでいた。

「安眠の大鐘が鳴りましたね……あっふ……さ、昼寝しましょうね、ホリー」

「なーにを言ってるの。昼食がまだでしょう？」

教会での祈禱を終え、自室に戻ろうとするヒルネをホリーが止めた。

「でも……ふあああぁあぁあぁあぁっ……この音色を聞くと眠くなるんですよ」

「大聖女がそんな大きなあくびをして……まったく。ジャンヌが来るまで我慢してちょうだいよ」

ホリーに手を引かれ、ヒルネは食堂へ向かった。

静謐な廊下に靴の音が響く。

「んんむ……」

袖で目をこすっても眠気は消えない。

窓の外からはまだ大鐘の音色が薄く聞こえていた。

「ジャンヌはまだ帰ってこないのでしょうか？　今日は休日とのことでしたが、ジャンヌの可愛い顔が近くにないと寂しいですね」

「いつも怒ってる顔でごめんなさいね。ふん」

ふらふらしているヒルネの手を握り、ホリーがそっぽを向いた。

自分のことを比較に出されたと勘違いしたらしい。

「え？　ホリーは可愛いというより美人さんですよね。目が私と違って大きい吊り目で素敵です。水色の髪もホリーにとても似合っていますよ。将来が楽しみです」

「な……何を言っているの？　聖女たるもの、見かけに惑わされてはいけないわ。自分のことだってそうよ。可愛いだとか美人だとか、関係ない……というか興味ないわ。うん」

ちらりとヒルネを見るホリー。

「ちょっと顔が赤いですよ」

ヒルネは頬を染めているホリーの目を覗き込んだ。

ホリーが思い切り顔をそらした。

「気のせいよっ。ほら、まっすぐ歩いて。へにょへにょしない」

「ふぁああぁあぁあぁっ……ねむいんですもの……あっふ、あっふ……ふああ」

（うーん、眠気が止まらない）

安眠の大鐘のせいなのか、それとも眠りたいからそう思い込んで身体が反応しているだけなのか、ヒルネはぼんやり考えながら、まぶたをきつく閉じた。

しばらく廊下を歩き、もう少しで食堂につくところで、ホリーが口を開いた。

「ジャンヌのことなんだけど……実はね、寝具店ヴァルハラに羽毛布団を取りに行ってるわ。あなたには黙っていたけど――」

「すぐ行きましょう。今すぐに。さあ」

ヒルネはその言葉で目が覚めた。

ホリーを追い抜き、彼女の手を引いて歩き出した。

「あー、だから言いたくなかったのよ！」

ホリーは急に引っ張られてよろけ、歩幅が乱れる。

「昼食は寝具店ヴァルハラにてとることにしましょう。はい、浮遊の聖魔法～」

「あ！　あ！　また無断外出になるわ！　ヒルネ、ちょっとやめて！」

星屑が輝き、ヒルネとホリーがふわりと宙へ浮かぶ。

ヒルネは近場にあった窓を聖魔法で開け放ち、浮遊を強めて大通りへと向かった。

「れっつごーです」

「ヒルネっ！　また私まで罰則になるじゃないの！　下ろしてちょうだいよ、ヒルネ！」

「ホリーも一緒に見に行きましょうよ。おニューの羽毛布団ですよ。改良されているらしいんですよぉ……一体どんな寝心地なのでしょうか……」

ホリーは空中でもがいたが、完全にトリップ状態にあるヒルネを見てあきらめたのか、「これはしばらくダメね」とつぶやいて、スカートがめくれないように聖魔法を使うことにした。ヒルネはその辺が無頓着だ。

「なんで私がヒルネのスカートの心配をしなきゃいけないのよ……」

(待ちに待ったピヨリィの羽毛布団・改！　楽しみだよ)

ホリーのつぶやきは聞こえず、ヒルネは笑みを浮かべて寝具店を目指した。

○

「到着です」

「本当に言うんじゃなかったわ……」

寝具店ヴァルハラ前に着地したヒルネとホリー。

空から舞い降りた大聖女と聖女の姿に通行人が驚き、聖印を切っている。

店の前で掃除をしていた見習いの少年が「親方！　空から大聖女さまが！」と、街一番の人気者の登場に驚愕し、箒（ほうき）を放り投げて店内へ人を呼びにいった。

「ふむ。どうやら新人のようですね。私の姿に驚くとはまだまだ甘いです」

ヒルネが白い頬をにやりと上げた。

「空から下りてきたら誰だって驚くでしょうに……器用に浮遊魔法を使うわよね、ホント……」

ホリーがあきれた声を上げ、ヒルネの大聖女服をかいがいしく整えた。

「ほら、飛んできたから襟が曲がってるわよ。髪も直して……うん、いいわね。あ、私のも見てくれる？」

「はい」

ヒルネは遠慮なく近づいて、ホリーの聖女服をぴしりと伸ばした。

「これでいいでしょうか……あ、ちょっと裾が……」

「……」

ホリーが間近にあるヒルネの顔を見て、「黙っていれば信じられないぐらいの美人ね」とつぶやいた。先ほどの話をまだ少し気にしているらしい。

そうこうしているうちに店からイケオジ店主トーマスと、黒髪ポニーテールのジャンヌが出てきた。

二人とも、やはり来たか、という顔つきで笑みを浮かべた。

「いつヒルネさまが来るか、トーマスさまとお話をしていたんですよ」

ジャンヌが嬉しそうに近づいてきて、ヒルネとホリーを店の中へと案内する。

「ヒルネちゃん、待ってたよ」

白い歯を見せ、親指を立てるトーマス。

かれこれ二年の付き合いなので互いにラフな関係だ。トーマスはヒルネのことを親戚の子どものように扱っている。ヒルネにとっても、特別扱いされないのは気が楽でよかった。

ヒルネは勝手知ったるといった具合で店に入り、さらに奥の母屋へとお邪魔した。

寝具店の母屋には中庭があり、日本家屋のような縁側が存在していた。デタッチドハウスと呼ばれる、レンガを使ったレトロな造りだ。

（味のある英国風の家って感じだよね。落ち着くよなぁ……）

ヒルネはふああっ、とあくびをして庭が一望できる椅子に座った。

庭に植えられたピンクイエロー色の花の上を、蝶々がひらひらと舞っている。平和であった。

「あなたね、自分の家じゃないんだからね」

ホリーが指摘するも、トーマスがにこにこと笑っているため、いつもより勢いはない。

「週に三回は来ていますからね。私も常連になってしまいました」

ジャンヌが笑顔で補足を入れると、ホリーが呆れてがっくりと肩を落とした。

「さ、聖女ホリーさまも座ってください」

「ありがとうございます。トーマスさん、私のことはホリーでいいですわ」

トーマスに勧められ、ホリーが木製の椅子に腰を下ろした。

庭は見事に剪定された観葉植物と、色とりどりの花が栽培されている。

（やっぱりトーマスさんちは最高だね）

だらしなく椅子に腰かけ、足を思い切り伸ばすヒルネ。

ホリーが何か言っている気がしないでもないが、気にせず目を閉じ、中庭のやわらかい空気を感じる。

（縁側でのんびりするって気持ちいい……幸せだ……）

覚醒と睡眠の間を行き来し、まどろみに身をあずけていると、部屋の中へ人が出入りする音が聞こえた。

ばさばさと部屋に何かを敷いてる。

夢うつつで薄目を開けると、トーマスとジャンヌが白い物体を運んでいるのが見えた。正面に座っているホリーは姿勢良く紅茶を飲んでいる。

（なんだろう……）

気になって背もたれから背中を離し、大きく伸びをして目を開けた。

ふああ、とあくびが漏れる。

眼前には羽毛布団がおいてあった。

丁寧に敷布団も敷いてある。

ジャンヌが嬉しそうに両手を背で組み、笑っていた。

「あ、ヒルネさま。気づかれたんですね」

「それが新作の羽毛布団ですね」

「はい！　今日から羽毛布団で寝ましょうね！」

ジャンヌが弾けんばかりの笑顔を向けてくれる。

ヒルネは感動してジャンヌに抱きつき、羽毛布団を見下ろした。

トーマスは子どもたちが喜ぶ姿を見て笑い、ホリーはやれやれと笑みを浮かべてため息をついている。

（おおおっ！　ピヨリィの羽毛布団ふたたび……！）

ぼふりと布団に倒れ込んでみた。

もふもふと包まれるような感触が全身に広がり、多幸感がじんわりと広がっていく。

「ふああ……あああああ……」

心地よさに声が漏れてしまう。

羽毛布団のふかふかした感触をもっと感じたくて、顔をこすりつけ、両手両足を上下に動かした。

なめらかな生地が擦れる音がし、羽毛布団は一瞬だけへこむが、そのやわらかさと弾力で、もとの形に戻っていく。

（これだ……私が欲していたのはこれだよ……）

ヒルネは服にしわがつくのも構わず、転がって羽毛布団をめくり、布団に潜り込んだ。

「極楽です……なんて素晴らしいんでしょう、ピヨリィ……」

かけているのがわからないほどの軽さだ。

ピヨリィの羽には魔力が宿っているらしいが、どうやら本当のようだとヒルネは思う。

「トーマスさん、これは大変に素晴らしい一品です。ぜひとも辺境都市イクセンダールの名産品にいたしましょう」

ヒルネはあくびをしつつトーマスを見た。

彼がうなずき、少し残念そうに眉を下げた。

「気に入ってくれて何よりだよ。私も全市民に使ってほしいんだけどね……ピヨリィは普通の動物ではないいんだ。魔獣と呼ばれる幻想生物でね、飼育方法は発見されていないんだよ」

「……なるほど……では、私が飼育方法を探して……みましょう……あっふ……」

（幻想生物……聖女見習いの授業で習ったっけ……確か……）

考えているうちに眠くなってしまい、ヒルネはジャンヌとホリーへ半目を滑らせた。

「さ、ジャンヌ、ホリー、こちらへ。一緒に寝ましょう」

手招きをすると、ジャンヌが「わかりました」と、嬉しそうに隣に潜り込んだ。

少女のぬくもりが隣に来て、幸せが倍増する。

「ホリーも、早く、ほら」

空いている部分をめくり、ヒルネは気だるげに手招きをした。

今にも寝落ちしそうである。

「私はいいわよ。紅茶をいただいてしまったから、歯を磨かないと」

「それっ」

ヒルネが聖魔法を飛ばした。

ホリーの口に星屑が飛び込み、シャラシャラと音を響かせて霧散する。

一瞬の出来事だったのでホリーは目が点だ。

「歯磨きは終わりました。さ、早く、ホリー」

「歯がつるつるになってる……」

自分の口内を舌で確認し、ホリーが驚きと呆れの混じった顔を向けた。

「私はいいわよ。無断外出だし、早く教会に帰らないと――」

「ほら、ほら。ここに。さあ」

問答無用でヒルネは手招きする。

半分以上意識を飛ばしているので、ホリーの声はほぼ聞こえていない。

見かねたジャンヌがヒルネの隣で目を細めた。

「大丈夫ですよ。こう見えてヒルネさまは三十分と言われれば、三十分だけのお昼寝ですから。聖魔法で目覚ましをかけているそうです」

ジャンヌの安心しきった言葉に、ホリーは観念してうなずいた。

「わかったわ。今回だけよ」

そう言って、ヒルネの隣へ静かに横になった。

「どうぞ」

ヒルネがめくっていた羽毛布団をホリーへかける。

「あっ……ふわふわしてる……」

「気持ちいいですよね」

ヒルネがへにゃりと幸せそうに笑みを浮かべ、ホリーは頬が熱くなった。

「ホリーは体温が高いですね。ぬくぬくです」

「ですね。ホリーさんが入るとあったかいです」

大聖女とメイドが気楽な調子で言う。

「あなたたち似てきたわね……」

ホリーが目を細め、じっとりした視線を送るも、すぐに頬をゆるめた。

「まあ……ピヨリィの羽毛布団が気持ちいいことは認めるわよ」

「さ、みんな、頭を上げてごらん。枕を貸してあげよう」

トーマスが枕を三つ持ってきて、ジャンヌ、ヒルネ、ホリーの順に入れていった。

「ジャンヌは硬め、私はソバールの乾燥殻が入った枕、ホリーは低くてやわらかめです」

ヒルネはトーマスに頼んでいたのか、眠いながらも自慢げに解説する。

「ありがとうございます、ヒルネさま」

「……前に私が言ったこと覚えてくれてたのね。ありがとと」

ジャンヌ、ホリーがヒルネに礼を言う。

「んふふ……幸せです……」

（……ああ……世界はこんなに……のんびりで……楽しい……）

ヒルネはジャンヌとホリーの手を握り、目を閉じた。

二人のぬくもりが嬉しくて、自然と口角が上がってしまう。

ジャンヌがそっと手を握り返してくれ、ホリーはワンテンポ遅れて優しく力を入れてくれた。

淡いまどろみがやってきた。ゆっくりと眠りに落ちていく。

中庭から、やわらかい風が吹いた。

花の甘い香りを感じ、ヒルネはそのまますやすやと眠りにつくのであった。

Kラノベブックス

転生大聖女の異世界のんびり紀行2

四葉夕ト

2021年8月31日第1刷発行

発行者	森田浩章
発行所	株式会社 講談社 〒112-8001　東京都文京区音羽2-12-21
電　話	出版　(03)5395-3715 販売　(03)5395-3608 業務　(03)5395-3603
デザイン	アオキテツヤ（ムシカゴグラフィクス）
本文データ制作	講談社デジタル製作
印刷所	豊国印刷株式会社
製本所	株式会社フォーネット社

KODANSHA

ISBN978-4-06-524247-6　N.D.C.913　316p　19cm
定価はカバーに表示してあります

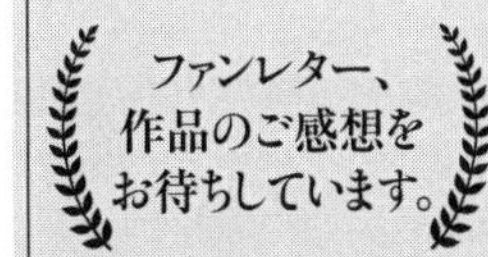

あて先
〒112-8001　東京都文京区音羽2-12-21
(株) 講談社　ラノベ文庫編集部 気付
「四葉夕ト先生」係
「キダニエル先生」係

異世界で聖女になった私、現実世界でも聖女チートで完全勝利！

著:四葉夕ト　イラスト:福きつね

没落した名家の娘・平等院澪亜はある日、祖母の部屋の鏡から異世界へ転移。

そこで見つけた礼拝堂のピアノを弾き始めた澪亜の脳内に不思議な声が響く。

「――聖女へ転職しますか？」

「――はい」

その瞬間、身体は光に包まれ、澪亜は「聖女」へと転職する。

チートスキルを手に入れた心優しきお嬢さまの無自覚系シンデレラストーリー！

実は俺、最強でした？
澄守彩
illust.高橋愛
Kラノベブックス

呪刻印の転生冒険者1～2
～最強賢者、自由に生きる～

著:澄守彩　イラスト:卵の黄身

かつて最強の賢者がいた。みなに頼られ、不自由極まりない生活が億劫になった彼は決意する。

『そうだ。転生して自由に生きよう！』

二百年後、彼は十二歳の少年クリスとして転生した。

自ら魔法の力を抑える『呪刻印』を二つも宿して準備は万端。

あれ？　でもなんだかみんなおかしくない？　属性を知らない？　魔法使いが最底辺？

どうやら二百年後はみんな魔法の力が弱まって、基本も疎かな衰退した世界になっていた。

弱くなった世界。抑えても膨大な魔力。

それでも冒険者の道を選び、目立たず騒がず、力を抑えて平凡な魔物使いを演じつつ――

今度こそ自由気ままな人生を謳歌するのだ！

コミック化も決定！　大人気転生物語!!